El regalo del sultán

Sandra Marton

Bianca®

HARLEQUIN®

Editado por HARLEQUIN IBÉRICA, S.A.
Hermosilla, 21
28001 Madrid

I.S.B.N.: 978-84-671-4905-0
Depósito legal: B-6066-2007
Editor responsable: Luis Pugni
Composición: M.T. Color & Diseño, S.L.
C/. Colquide, 6 - portal 2-3º H, 28230 Las Rozas (Madrid)
Fotomecánica: PREIMPRESIÓN 2000
C/. Algorta, 33. 28019 Madrid
Impresión y encuadernación: LITOGRAFÍA ROSÉS, S.A.
C/. Energía, 11. 08850 Gavá (Barcelona)
Fecha impresion para Argentina: 1.10.07
Distribuidor exclusivo para España: LOGISTA
Distribuidor para México: CODIPLYRSA
Distribuidores para Argentina: interior, BERTRAN, S.A.C. Vélez
Sársfield, 1950. Cap. Fed./ Buenos Aires y Gran Buenos Aires,
VACCARO SÁNCHEZ y Cía, S.A.
Distribuidor para Chile: DISTRIBUIDORA ALFA, S.A.

Capítulo 1

A LOS treinta y dos años Cameron Knight medía un metro noventa. Tenía los ojos verdes y un cuerpo enjuto y musculoso gracias a su padre anglo, y el pelo negro y las mejillas de huesos afilados gracias a su madre medio comanche. Adoraba a las mujeres hermosas, los coches rápidos y el riesgo.

Seguía siendo el chico malo, guapo y peligroso por el que habían suspirado la mitad de las muchachas de Dallas, Texas, desde que había cumplido los diecisiete años.

Lo único que había cambiado era que Cam había convertido su pasión por el riesgo en una profesión, primero en las Fuerzas Especiales, después en la Agencia y, últimamente, en la empresa que había puesto en marcha con sus hermanos.

Knight, Knight y Knight, le había hecho inmensamente rico. Personas de tres continentes les pedían ayuda cuando las cosas escapaban a su control.

Esa vez, para sorpresa de Cam, quien así lo había hecho había sido su propio padre.

Y, aún más sorprendente, Cam había aceptado.

Por eso era por lo que estaba cruzando el Atlántico en un avión privado con rumbo a un punto en el mapa llamado Baslaam.

Miró el reloj. Faltaba media hora para aterrizar. Bien. Las cosas habían sucedido tan deprisa que había tenido que dedicar las mayor parte del vuelo a leer los informes de su padre sobre Baslaam. Por fin tenía un momento para relajarse.

Un hombre a punto de lanzarse a una situación desconocida tenía que estar preparado para todo. Una serie de ejercicios de respiración, a los que uno de sus instructores en la Agencia llamaba taichí mental, le ayudaron a lograr su objetivo.

Cam inclinó el respaldo del asiento de cuero, cerró los ojos y puso la mente en blanco. A lo mejor porque era una misión para su padre, pensó en su vida. Lo que había hecho, lo que había dejado de hacer. Lo cerca que había estado de cumplir las peores predicciones de su padre.

–Eres un inútil –solía decirle Avery cuando era un muchacho–. Nunca llegarás a nada.

Cam tenía que reconocer que había parecido decidido a demostrar que su padre tenía razón.

Había abandonado los estudios. Se había emborrachado y fumado marihuana, aunque no durante mucho tiempo. No le gustaba la sensación de pérdida de control asociada con aquel modo de vida. A los diecisiete años era un chaval en busca de problemas.

Enfadado con su madre por haber muerto y con su viejo por preocuparse más de ganar dinero que de ocuparse de su mujer y sus hijos, se había convertido en una bomba de relojería.

Una noche, conduciendo por una sinuosa carretera secundaria, viendo cómo el velocímetro de su coche se acercaba a los ciento cuarenta, se dio cuenta de que estaba a punto de pasar por delante de la casa a oscuras de un policía que le había maltratado un año antes. No había sido mucho, pero lo que importaba era que lo había hecho por encargo de su padre.

–Su viejo quiere que le dé al chico algo en qué pensar –había oído Cam que le decía a su compañero.

Con aquellas palabras resonando en su cabeza,

Cam había aparcado la camioneta a un lado de la carretera. Se había subido a un árbol, había forzado una ventana y se había quedado de pie mirando cómo roncaba el malnacido, después se había marchado por el mismo camino.

Había sido una experiencia estimulante. Tanto, que la había repetido una y otra vez, entrando en las casas de hombres que danzaban al son que marcaba su viejo, sin llevarse nada excepto la satisfacción.

Una noche estuvieron a punto de descubrirlo. Por entonces estaba en la universidad. Jugar a juegos peligrosos era una cosa; ser estúpido, otra muy distinta. Cam dejó los estudios y se alistó en la armada. Se incorporó a las Fuerzas Especiales. Cuando la Agencia mostró interés por él, dijo sí. Riesgo era lo que comía y respiraba en las operaciones encubiertas.

Había creído encontrar su hogar, pero no había sido cierto. Resultó que la Agencia le exigía cosas que hacían que se sintiera extraño consigo mismo.

Sus hermanos habían seguido caminos similares. Coches rápidos, mujeres hermosas y jugar a la ruleta rusa con los problemas parecía el destino de los Knight.

Con un año de diferencia, habían asistido a la misma universidad con la misma beca de fútbol. Los dos habían dejado los estudios un par de años después y se habían alistado en las Fuerzas Especiales y, finalmente, habían acabado inevitablemente en el laberinto clandestino de la Agencia. Del mismo modo, se habían ido desilusionando con lo que habían encontrado.

Los hermanos volvieron a Dallas y se metieron juntos en los negocios. Knight, Knight y Knight: Especialistas en Situaciones de Riesgo. Cam había propuesto el nombre después de horas de solemne planificación y beber de modo no tan solemne.

–¿Pero qué demonios significa? –había preguntado Matt.

–Significa que vamos a hacer una fortuna –había respondido Alex, sonriendo.

Y así había sido. Clientes poderosos pagaban exorbitantes cantidades de dinero porque hicieran cosas que hubieran hecho temblar de miedo a la mayor parte de los hombres.

Cosas que la ley no podía manejar.

La única persona que no parecía enterarse de su éxito era su padre... y entonces, la noche anterior, Avery se había presentado en la casa de Cam en Turtle Creek.

Avery no se había andado con rodeos. Le había explicado que su negociador de contratos petrolíferos en el sultanato de Baslaam no se había puesto en contacto con él en una semana, y no estaba localizable ni por móvil ni por satélite.

Cam había escuchado, inexpresivo. Avery se había callado. Cam había seguido sin decir nada, a pesar de que ya sabía lo que había llevado a su padre hasta él. Avery empezó a ponerse rojo.

–Maldita sea, Cameron, entiendes de sobra lo que te estoy pidiendo.

–Lo siento, padre –dijo Cam sin ninguna entonación–. Tendrás que decírmelo.

Durante un segundo, Cam pensó que Avery se marcharía, pero, en lugar de eso, respiró hondo.

–Quiero que vayas a Baslaam y averigües qué demonios pasa. Sea cual sea tu tarifa, la doblo.

Cam se había metido las manos en los bolsillos, se había apoyado en la barandilla de la terraza y había mirado en dirección a la ciudad.

–No quiero tu dinero –había dicho con tranquilidad.

–¿Qué quieres entonces?

«Quiero que me lo ruegues», había pensado, pero el maldito código de honor que le habían metido dentro en la armada, en las Fuerzas Especiales, en la Agencia, incluso pudiera ser que sus propias convicciones, le habían impedido pronunciar aquellas palabras. Era su padre. Su sangre.

Todo aquello había hecho que menos de dieciocho horas después aterrizara en medio de un desierto cuyo calor le golpeó como un puño. Un hombrecillo con un traje blanco corrió hacia él.

—Bienvenido a Baslaam, señor Knight. Soy Salah Adair, el asistente personal del sultán.

—Señor Adair. Encantado de conocerlo —Cam esperó un par de segundos, después miró alrededor—. ¿No está el representante de industrias Knight con usted?

—Ah —sonrió Adair—. Está en visita de inspección a las Montañas Azules. ¿No le comunicó sus planes?

Cam devolvió la sonrisa. El negociador era abogado, no hubiera sido capaz de diferenciar restos de petróleo de los restos de una gasolinera.

—Seguro que se lo comunicó a mi padre. Habrá olvidado decírmelo.

Adair lo condujo hasta una limusina blanca que formaba parte de un convoy de antiguos Jeeps y Hammers nuevos. En todos lo vehículos había soldados con fusiles.

—El sultán ha enviado una escolta en su honor —dijo Adair con suavidad.

Al diablo si lo era. Ninguna escolta llevaría tantos hombres armados. ¿Y dónde estaban los ciudadanos normales de Baslaam? La carretera adoquinada que los llevaba a la ciudad, estaba vacía. Si era el único camino en un país que quería entrar en el siglo veintiuno, debería haber estado atestada de coches.

—El sultán ha organizado un banquete —dijo Adair con una sonrisa empalagosa—. Podrá degustar infinidad de delicias, señor Knight. Del paladar... y de la carne.

–Estupendo –dijo Cam, reprimiendo un estremecimiento.

Las delicias del paladar de esa parte del mundo podían dar la vuelta al estómago de un hombre. Y sobre las delicias de la carne... prefería elegir él mismo sus compañeras de cama, no que se las eligieran.

Había algo raro en Baslaam. Muy raro, y peligroso. Tenía que mantenerse atento. Eso suponía que nada de comidas extrañas, nada de juergas y nada de mujeres.

Leanna no estaba segura de cuánto tiempo había estado encerrada en aquella inmunda celda. Dos días, a lo mejor dos y medio... y en todo ese tiempo no había visto la cara de una mujer.

Mantenía la esperanza de que fuera porque si una mujer pudiera oírla, le ayudaría a escapar de ese agujero. Tenía que ser por eso.

Leanna vio la poca agua que quedaba en el cubo que le habían dado esa mañana. Si se la bebía, ¿le darían más? Tenía la garganta seca a causa del calor, aunque lo peor ya había pasado. No tenía reloj, los hombres que la habían secuestrado se lo habían quitado de la muñeca, pero el sol abrasador había empezado a ocultarse tras las montañas. Lo sabía porque las sombras dentro de su reducida prisión empezaban a crecer.

Ésas eran las buenas noticias. Las malas eran que la oscuridad traía los ciempiés y las arañas. Más que animales, platos con patas, eso era lo que eran.

Leanna cerró los ojos, respiró hondo, trató de no seguir pensando. Había cosas peores que los ciempiés y las arañas esperándola esa noche. Uno de sus guardianes hablaba su idioma lo suficiente como para habérselo dicho. Recordar la forma en que se había reído aún le producía escalofríos. Esa noche la llevarían con el hombre que la había comprado. El rey o el jefe de como quiera que se llamase ese horrible lugar. Los insectos, el calor, las burlas de sus captores parecerían recuerdos agradables.

–El Gran Asaad te tendrá esta noche –había dicho el guardia.

Y su sonrisa y el obsceno gesto de su mano habían garantizado que entendiera exactamente qué significaba aquello.

Leanna empezó a temblar. Rápidamente se pasó los brazos alrededor, intentando detener el temblor. Mostrar su miedo sería un error. Resultaba muy difícil creer que todo aquello hubiera pasado de verdad. Estaba ensayando el Lago de los Cisnes con el resto de la compañía en el escenario de un antiguo pero hermoso teatro de Ankara, había salido a descansar y, un segundo después, la habían agarrado, atado y metido en la parte trasera de una furgoneta...

La puerta se abrió. Dos hombres enormes con grandes manos entraron en la celda. Uno hizo un gesto con el pulgar y dijo algo entre dientes que interpretó como que tenía que ir con ellos.

Quería desmayarse, quería gritar, pero en lugar de eso, se levantó y miró a sus captores. Fuera lo que fuera lo que pasara a continuación lo afrontaría con el mayor coraje que pudiera.

–¿Adónde me llevan?

Se dio cuenta de que los había sorprendido. ¿Por qué no? Se había sorprendido ella misma.

–Vamos.

El inglés del gigante era gutural pero claro. Leanna apoyó las manos en las caderas.

–¡No pienso ir!

Los dos hombres fueron pesadamente hacia ella. Cuando la agarraron de los brazos con sus zarpas, se dejó caer de rodillas en el suelo lleno de bichos, pero no funcionó. La levantaron hasta ponerla de puntillas y la arrastraron detrás de ellos. Aun así, se resistió. Eran fuertes, pero ella también. Años de ponerse de puntillas y hacer barra habían fortalecido sus músculos. También era terrible dando patadas. Había aprendido en un coro de Las Vegas, y decidió usarlo en ese momento. Dio al gigante parlante en donde más le dolía. El hombre se dobló de dolor. Su compañero lo encontró muy divertido, pero antes de que Leanna pudiera aplicarle el mismo tratamiento, le retorció el brazo y se lo puso en la espalda, acercó su repugnante rostro a la cara de Leanna y le dijo algo que no pudo entender. Daba lo mismo. Con el hedor de su aliento y la saliva que le había salpicado lo había entendido perfectamente.

Entonces, ¿por qué aquello no la detuvo? Sabía lo que iba después. El gigante parlante se lo había dicho esa mañana, aunque ella ya lo sospechaba. Otras dos chicas de la compañía habían sido secuestradas con ella. Una, como Leanna, rápidamente había asumido que las habían secuestrado para pedir un rescate, pero la otra había descartado rápidamente esa posibilidad.

–Son cazadores de esclavas –había susurrado, horrorizada–. Van a vendernos.

¿Vendedores de esclavas? ¿En esta época? Leanna se hubiera reído, pero la chica había contado que había visto en televisión un reportaje sobre la trata de blancas.

–¿Pero a quién nos venderán? –había preguntado la primera chica.

–A cualquier bastardo que pueda permitírselo –había respondido la tercera chica con voz temblorosa.

Después había añadido detalles suficientes como para que la primera chica se pusiera a temblar.

Leanna nunca había sido de la clase de persona que se desmaya o se viene abajo. Las bailarinas parecerán hadas de cuento en un escenario, pero su vida es dura, sobre todo si llegas a ella a través de un programa financiado por la publicidad en lugar de haber estudiado en una cara academia de Manhattan.

Mientras una de las chicas vomitaba y la otra temblaba, ella había luchado contra las cuerdas que la ataban, pero aparecieron sus captores y les inyectaron algo en los brazos. Se había despertado en aquella horrible celda sola, sabiendo que la habían vendido... Era sólo cuestión de tiempo que su propietario la reclamara.

Ese momento había llegado. Los gigantes la arrastraron por un corredor que apestaba a sudor y miseria humana. La metieron en una pequeña habitación con paredes de hormigón y un sumidero en el centro del suelo y cerraron de un portazo tras ella. Escuchó el sonido de un pestillo, pero a pesar de ello se lanzó contra la puerta, la golpeó con los puños hasta que le dolieron los nudillos.

Se desplomó en el frío suelo, miró las paredes, el sumidero. Las manchas de humedad por todas partes. Se cubrió la cara con las manos.

Tiempo después, oyó cómo se descorría el cerrojo. Leanna se puso a temblar.

—No —se dijo en un susurro—, no dejes que vean lo asustada que estás.

De algún modo sabía que eso sólo contribuiría a empeorar las cosas. Lentamente se puso de pie y levantó la barbilla. Entró una mujer. Dos hombres de ojos fríos permanecían de pie tras ella, dejando claro con su gesto que la mujer era quien mandaba.

—¿Habla inglés? —preguntó Leanna. No obtuvo respuesta, pero eso no probaba nada—. Espero que sí —dijo, intentando parecer razonable y no aterrorizada—, porque ha habido un terrible error...

—Desnúdate.

—¡Sí habla inglés! Oh, estoy tan...

–Deja la ropa en el suelo.

–¡Escuche, por favor! Soy bailarina. No sé qué cree usted que...

–Deprisa o lo harán estos hombres.

–¿Me ha escuchado? ¡Soy bailarina! Ciudadana de los Estados Unidos. Mi embajada...

–No hay embajada en Baslaam. Mi señor no reconoce a su país.

–Pues haría mejor en... –la mujer hizo un gesto con la cabeza a uno de los hombres. Leanna dio un grito cuando uno de ellos, que se movió más rápido de lo que había pensado, la agarró por el cuello de la camiseta–. ¡Quieto! Saca tus manos de...

La camiseta se rasgó hasta abajo. Leanna intentó golpearlo, pero el hombre se rió y la agarró de la muñeca, levantándola de modo que su compañero pudiera quitarle las zapatillas de deporte y los pantalones de algodón.

Cuando estaba sólo con el sujetador y las bragas, la dejaron caer al suelo. Leanna se arrastró hasta la pared y se frotó los ojos. A lo mejor estaba soñando. Tenía que estar soñando. Aquello no podía ser real, no podía...

Volvió a gritar al sentir una oleada de agua tibia en el rostro. Abrió los ojos. Un corro de sirvientas la rodeaba. Algunas con palanganas humeantes, otras con toallas o jabón. Los dos hombres habían arrastrado dentro de la habitación una enorme tina de madera. ¿Una bañera?

–Quítate la ropa interior –dijo secamente la mujer al mando–. Báñate tú misma, si no estás lo bastante limpia, serás castigada. Mi señor, el sultán Asaad no tolera la mugre.

Leanna parpadeó. Estaba en un baño improvisado. Ésa era la razón por la que había un sumidero en el suelo. Una burbuja de risa histérica le creció en la garganta.

El señor de aquel lugar apartado la había comprado, la había tenido en un agujero repugnante, iba a convertirla en su juguete sexual, pero primero tenía que frotarse bien detrás de las orejas.

De pronto todo lo que había sucedido, que estaba sucediendo, pareció increíble. Leanna dejó escapar la risa. Una enorme carcajada. Las sirvientas la miraron, incrédulas. A una de ellas se le escapó una risita que intentó sofocar con la mano, pero no fue lo bastante rápida. La mujer al mando le dio una bofetada y gritó una orden. Las mujeres rodearon a Leanna al momento.

—A lo mejor prefiere presentarse ante mi señor morada por los golpes.

Leanna miró a su torturadora a los ojos. Estaba harta de pasar miedo, cansada de comportarse como un perro apaleado. Además, tal y como estaban las cosas, ¿qué podía perder?

—A lo mejor prefieres tú presentarte ante él y explicarle cómo hiciste para estropear la mercancía.

La mujer palideció. El corazón de Leanna latía desbocado, pero sonrió con frialdad.

—Dile a esos imbéciles que desaparezcan, y me meteré en la bañera.

Empate, pero sólo de momento. Entonces la mujer dio una orden a los hombres y salieron de la habitación. Leanna se quitó el sujetador y las bragas, se metió en la bañera y dejó que el agua caliente acariciara su piel mientras su mente se ponía a trabajar a toda velocidad para elaborar un plan de fuga.

Desgraciadamente cuando estuvo bastante limpia para el sultán de Baslaam, todavía no se le había ocurrido nada. Improvisar era cosa de actrices, no de bailarinas clásicas.

Pero ella nunca había sido cobarde. Y si era necesario, moriría para demostrarlo.

Capítulo 2

CAM había visto muchos lugares inestables políticamente, pero Baslaam no era un lugar inestable; estaba al borde del caos. No hacía falta ser un espía para darse cuenta. Ni gente, ni vehículos. Un cielo gris lleno de nubes de humo y buitres, multitud de buitres sobrevolándolo todo.

Las cosas no debían de ir bien en el sultanato, pensó, preocupado.

Adair no daba ninguna explicación. Cam tampoco pedía ninguna. Todo lo que pensaba era que la pistola que había ocultado en la maleta podría ser útil al final.

El sultán lo esperaba en una enorme sala de mármol con techos de más de seis metros de alto. Estaba sentado en un trono dorado elevado sobre una plataforma de plata. Cam estuvo completamente seguro de que aquél no era el hombre que Avery le había descrito.

El sultán, según le había dicho su padre, tendría unos ochenta años. Era pequeño, enjuto, de ojos duros que expresaban determinación. El hombre del trono tendría unos cuarenta años, era grande. Enorme, en realidad. Una masa de músculo a punto de empezar a engordar. El único parecido entre la imagen que Avery le había descrito y aquella mole, eran los ojos, pero la dureza de éstos hablaba más de crueldad que de determinación.

¿Había habido un golpe? Eso explicaría muchas cosas, incluyendo la desaparición del representante de su padre. Podía ser que el pobre desgraciado fuera uno de los que atraía la atención de los buitres.

Cam se hacía una sola pregunta. ¿Por qué no se habían deshecho también de él? El hombre del trono debía de querer algo de él. ¿Qué? Tenía que descubrirlo y hacerlo sin desvelar su juego.

Adir hizo las presentaciones.

—Excelencia, éste es el señor Cameron Knight. Señor Knight, este es nuestro amado sultán, Abdul Asaad.

—Buenas tardes, señor Knight.

—Excelencia —sonrió Cam, amable—. Lo esperaba mayor.

—Ah, sí. Creyó que iba a conocer a mi tío. Desafortunadamente mi tío murió de forma inesperada la semana pasada.

—Le acompaño en el sentimiento.

—Gracias. Lo echamos de menos. Yo tenía las mismas expectativas con usted, señor Knight. Creía que el dueño de Knight Oil sería mucho mayor.

—Mi padre es el propietario de la compañía, yo soy su emisario.

—¿Y qué le trae a nuestro humilde país?

—Mi padre creyó que el sultán, bueno, debería decir que usted —dijo Cam con la misma sonrisa educada— preferiría discutir los últimos detalles del contrato conmigo en lugar de con su negociador habitual.

—¿Y por qué iba yo a preferir eso?

—Porque yo tengo completa capacidad de decisión. Yo puedo llegar a cualquier acuerdo en su nombre. Nada de intermediarios, así se acelera el proceso.

El sultán asintió con la cabeza.

—Una excelente idea. Su predecesor y yo hemos tenido algunos desacuerdos, quería hacer algunos cambios en los términos que su padre y yo ya habíamos acordado.

Demonios, pensó Cam, pero volvió a sonreír.

—En ese caso es bueno que haya venido, excelencia.

—Estoy seguro de que Adair ya le ha dicho que su hombre se ha marchado a las llanuras más allá de las Montañas Azules a visitar los terrenos.

—Lo ha mencionado.

—Fue una sugerencia mía. Pensé que sería mejor apartarlo de la ciudad una temporada. Tomar un respiro. Las llanuras son muy hermosas en esta época del año.

La mentira no se parecía en nada a lo que le había contado Adair, y acabó con cualquier esperanza que tuviera de volver a verlo con vida. Sintió un fuerte deseo de saltar a la plataforma y agarrar al sultán por el cuello, pero volvió a forzar una sonrisa de cortesía.

—Una gran idea. Estoy seguro de que estará disfrutando.

—Oh, puedo asegurarle que está descansando.

El malnacido sonrió de oreja a oreja por el doble sentido. Una vez más, Cam luchó contra el deseo de saltar sobre él, pero estaría muerto antes de acercarse a medio metro.

—Mientras tanto —dijo Asaad—, usted y yo podremos terminar las cosas —el sultán dio una palmada. Adair se apresuró a acercarle un bolígrafo y una hoja de papel que Cam reconoció inmediatamente—. Sólo falta su firma, señor Knight. Si fuera tan amable...

Bingo. Por eso era por lo que el negociador estaba muerto y por lo que él seguía vivo. Asaad necesitaba una firma en la línea de puntos para poder seguir adelante con el negocio.

—Por supuesto —dijo—, pero primero creo que descansaré un poco, el viaje ha sido largo.

—Firmar un documento no es muy complicado.

—En eso tiene razón, por eso seguramente podrá esperar hasta mañana.

Asaad cerró ligeramente los ojos pero mantuvo el tono cortés.

—En ese caso, permítame aliviar el estrés de su viaje con una pequeña celebración de bienvenida.

—Aprecio el gesto, señor, pero en realidad...

—Estoy seguro de que no querrá ofenderme rechazando mi hospitalidad.

¿La así llamada celebración era un señuelo para ganarse la confianza de Cam o había razones más siniestras? De cualquier modo, estaba atrapado. El sultán había organizado una fiesta, no había otra salida.

—¿Señor Knight? ¿Qué dice? ¿Será mi invitado?

Cam inclinó la cabeza.

—Gracias, excelencia. Estaré encantado.

Tres horas más tarde los festejos se acercaban a su conclusión.

La tarde había comenzado con un banquete. Fuentes de carne a la brasa, pasteles... y ensaladeras llenas de otras cosas grotescas y fáciles de identificar que se comían por antiguas tradiciones.

La primera vez que apareció un plato de ésos, Cam sintió que el estómago se le volvía del revés. Adoptó una sonrisa cortés y negó con la cabeza, pero se dio cuenta de que un gran silencio caía sobre el grupo de hombres armados sentados a lo largo de la mesa.

Todos los ojos estaban puestos en él. El sultán levantó las cejas.

—Es un manjar, señor Knight, pero podemos entender que no esté preparado para compartirlo. No todos los hombres pueden ser como los hombres de Baslaam.

Diablos. ¿Iba a ser aquello la versión local del a ver quién es más duro? Si era así, Cam no podía permitirse perder. Sonrió, se inclinó y se sirvió un cazo de aquel brebaje.

–¿Un manjar, excelencia? En ese caso, lo probaré.

Comió deprisa. Sintiendo como cieno o algo incluso peor en la lengua y manteniendo su estómago controlado a base de repetirse que había comido cosas peores en otros sitios. Un soldado en el campo no puede ser melindroso. Insectos, lagartos, serpientes... Proteínas, se decía, eso era todo.

Hubo un perceptible murmullo cuando se acabó el plato. Cam sonrió, Asaad no le devolvió la sonrisa. Su expresión era bastante fea. El canalla había perdido el primer asalto y no le había gustado.

–Delicioso –dijo Cam cortésmente.

Asaad dio una palmada. Un sirviente apareció llevando una enorme tetera.

–Dado que le ha gustado tanto, a lo mejor le gustaría probar otra de nuestras delicias. Una bebida hecha con... Bueno, no le diré los ingredientes, pero le aseguro que es más fuerte que cualquier otra cosa que haya probado –a su orden los sirvientes llenaron dos tazas de un líquido marrón. Asaad tomó una de ellas y ofreció la otra a Cam–. A menos, claro, que usted no se atreva.

Otra vez el concurso. Juvenil y patético, pero ¿qué otra opción tenía que aceptar el desafío?

Cualquier muestra de debilidad podría hacer que acabara como su representante. Asaad necesitaba una firma, pero había formas de conseguirla que no pasaban por simular que eran todos una gran familia feliz.

–¿Señor Knight?

–Excelencia –dijo Cam, y se llevó la taza a los labios.

El líquido olía como a pescado podrido, pero había sobrevivido a algo peor una larga noche en Belarus cuando había tenido que beberse un montón de chupitos de vodka casero con un líder de la guerrilla. Contuvo la respiración, echó la cabeza para atrás y se bebió el contenido de un trago.

—Estupendo —dijo con tranquilidad, y levantó la taza vacía. De nuevo un murmullo de aprobación recorrió la gran sala. La cara de Asaad se oscureció aún más.

—¿Monta a caballo, señor Knight?

A lo mejor el sultán era retrasado o algo así. Preguntar a alguien nacido y criado en Texas si monta a caballo era como preguntar a una paloma si volaba.

—Algo —dijo Cam con amabilidad.

Momentos después se encontraban en el exterior, en un enorme patio iluminado por antorchas, a lomos de ponis medio salvajes jugando a algo que requería unos palos tan gruesos como bates de béisbol, una pelota de cuero y una soga de la que colgaba un aro. Cam no tenía ni idea de las reglas, pero consiguió permanecer encima de su montura y hacer pasar la pelota por el aro de un golpe, evitando sufrir una paliza a manos de un grupo de hombres que manejaban sus bates con bastante soltura. Los hombres del sultán gritaron de alegría. El rostro de Asaad se tiñó de púrpura. Ordenó silencio con un grito.

—Es usted un digno contrincante —dijo en un tono de voz que dejaba meridianamente claro que estaba mintiendo—, y le recompensaré.

¿Con qué? ¿Con un cuchillo en la garganta? ¿Una bala en la cabeza? Pierde y estás muerto, gana y estás muerto. Asaad era un psicópata capaz de cualquier cosa.

Cam tensó los músculos mientras intentaba aparentar calma.

—Gracias, excelencia, pero la única recompensa que quiero es....

Las palabras se le quedaron en la garganta. Dos de los hombres del sultán iban hacia él. Eran grandes, mucho más grandes que el sultán....

Por lo menos el doble que la mujer que arrastraban entre los dos.

Lo primero que notó era que la chica tenía las manos atadas. Los segundo, que estaba desnuda. No, desnuda no. Era sólo que su piel era de color oro y lo que llevaba puesto era ligeramente más oscuro.

Oro cubría los pechos; un tanga dorado, la parte baja del liso vientre. En la estrecha cintura, una gruesa cadena de oro de la que colgaban finas cintas doradas que se balanceaban con cada movimiento de las largas piernas.

En los pies, unas sandalias doradas cuyos afilados tacones podrían considerarse armas letales. De las cintas de las sandalias colgaban cascabeles que sonaban con cada paso que daba. El pelo, también rubio, caía con sedoso desarreglo por delante de su triste rostro.

—¿Le gusta su recompensa, señor Knight?

—Es... —maldición. Cam se aclaró la garganta. No había esperado nada parecido a aquella criatura dorada. El sultán lo sabía, lo notaba en su voz de canalla—. Es una visión asombrosa.

—Realmente lo es —dijo Asaad, sonriendo—. ¿Ordeno que se la acerquen?

La respuesta evidente era no. Esa mujer era una trampa. No había que ser un genio para darse cuenta. Cam había comido y bebido; le habían entretenido con una especie de loco polo del desierto. Asaad lo había ablandado y se disponía a matarlo. Una hora con esa hurí y firmaría el contrato sin hacer preguntas. Estaría demasiado harto para poder hacer nada.

Al menos eso sería lo que Asaad se figuraría. Y, maldita sea, era tentador. Cam se imaginó lo que debía ser enterrar las manos en el pelo de aquella mujer y levantar su cabeza para ver si su rostro era tan perfecto como todo lo demás. Podía imaginarse saboreando sus pechos, quitándole aquella cadena de oro....

—¿Señor Knight?

Cam se encogió de hombros como si le diera igual ver mejor a la chica.

–Como usted mande, excelencia.

El sultán chasqueó los dedos. Los hombres empujaron a la mujer. Cuando estaban muy cerca, la chica levantó la cabeza y lo miró fijamente.

Cam se quedó sin respiración.

Tenía unos enormes ojos del color del Mediterráneo, rodeados de unas larguísimas pestañas increíblemente negras. Una delicada barbilla y una boca... ¡Qué boca! Una de ésas con las que los hombres sueñan en las horas más oscuras de la noche.

Cam se puso duro como una piedra, una erección tan poderosa que tuvo que moverse para estar cómodo.

Asaad gritó otra orden. Los guardias acercaron a la mujer los últimos metros. Se tambaleó, pero recuperó el equilibrio. Uno de los hombres gruñó una palabra y ella obedeció lo que debía de haber sido una orden para que alzara la cabeza de nuevo.

–Bueno, señor Knight –la voz de Asaad sonaba como un zumbido–. ¿Qué le parece? –sonriendo, se acercó a la mujer, la agarró del pelo y le levantó la cabeza–. ¿No es deliciosa?

–Es... es muy hermosa.

–Sí. Lo es. También tiene carácter. Una magnífica criatura, ¿verdad?

¿Qué era ella? ¿Una mujer del harén? Pero tenía las manos atadas, ¿por qué?

–Sí, excelencia –Cam hizo una pausa. No quería parecer demasiado curioso, si lo parecía seguramente Asaad endurecería el juego que tenía pensado–. ¿Es una prisionera?

El sultán suspiró.

–Sí. Desafortunada, ¿verdad? Lo que puede ver de ella es bello –Asaad deslizó la mano por el cuello de la mujer, por los pechos, agarró primero uno y después el otro. Cuando ella trató de zafarse, la agarró de la muñeca–. Pero su alma es fea.

Cam miró los carnosos dedos del sultán clavándose en la piel de la chica.

–Es difícil de imaginar que una mujer como ésta, cualquier mujer de hecho, pueda hacer algo tan terrible como para provocar la ira de un hombre como usted, excelencia –dijo, esperando que la mentira funcionara.

Pareció que sí. Asaad aflojó la mano.

–Tiene razón, señor Knight. Soy un hombre amable, generoso. Pero Layla me ha llevado más allá de lo soportable.

El nombre le quedaba bien, lo mismo que la ropa. Pero los ojos azules y el pelo rubio no. Eran poco frecuentes en esa zona.

–Me imagino que está pensando que ella no parece de aquí.

«Justo en el blanco, pedazo de grasa», pensó Cam mientras sonreía perezoso como si fuera algo que no le interesara mucho.

–Sí, me lo preguntaba.

–La compré –dijo el sultán–. Oh, no es como parece, se lo aseguro. Somos una cultura antigua, pero aborrecemos la esclavitud. No, la mujer llegó hasta mí por su voluntad. Es bailarina. Así es como quiere ella que la llamen, pero en realidad es... creo que la palabra es fulana.

Cam asintió. Entendía. Había estado en esa parte del mundo antes. Las mujeres como aquélla se denominaban a sí mismas modelos, actrices, bailarinas... pero Asaad tenía razón. Básicamente eran prostitutas en venta al mejor postor.

La rubia se mantuvo erguida durante todo el escrutinio. ¿Estaba temblando? Podía ser, pero el viento que soplaba del desierto era frío, y ella estaba prácticamente desnuda. Eso podía explicarlo. También podía el que fuera prisionera de Asaad. Por lo que había visto, podía hacer temblar a cualquiera. Asaad se aproximó más.

–La conocí de vacaciones en El Cairo. Actuaba en un club. Le mandé una nota... Bueno, seguro que ya sabe cómo funcionan estas cosas –dio con el codo en las costillas de Cam, como si las fulanas fueran algo que tuvieran en común–. Layla es una mujer de, digamos, talento sobresaliente. Por eso cuando llegó el momento de volver a casa le ofrecí traerla conmigo.

Cam miró de nuevo a la mujer. Había vuelto a levantar la cabeza, miraba a la oscuridad más allá de la zona iluminada del patio, y sí, definitivamente estaba temblando.

–Y ella aceptó –afirmó más que preguntó Cam.

–Por supuesto. Sabía que valía la pena. Todo fue bien durante unas semanas. Era creativa, imaginativa –Asaad respiró hondo–, pero me aburrí de ella. Un hombre necesita variedad, ¿verdad?

–¿Y mandarla de vuelta a Egipto no hubiera sido más fácil que hacerla vuestra prisionera, excelencia?

El sultán echó para atrás la cabeza y rió a carcajadas.

–Es usted un hombre muy gracioso, señor Knight. Sí, claro. Mucho más sencillo. Y eso es lo que intenté hacer. Intenté arreglarlo para que volviera a su casa con una buena gratificación –su sonrisa se ensombreció–. Ayer, justo antes de que fuera a marcharse, me enteré de que había robado una joya de incalculable valor. ¡Después de todo lo que le he dado! Cuando se lo dije, trató de clavarme una daga –Asaad dio un paso atrás–. Estoy tratando de decidir qué hago con ella.

¿Qué hacer? Seguramente el sultán lo que quería decir era cómo hacerlo. La pena por robo e intento de asesinato sólo podía ser la muerte. Que aquella mujer hubiera sobrevivido un solo día era un milagro. Al día siguiente sería comida para los buitres, pero esa noche...

Y entonces Cam entendió. Asaad tenía un plan, y era tan transparente como el cristal.

La mujer temblaba, pero ¿por qué si su vida estaba en peligro no rogaba misericordia?

Sólo podía haber una razón. El sultán debía de haberle prometido piedad. Lo único que tenía que hacer era cumplir sus órdenes, y seguramente tendrían algo que ver con él.

Iba a ser un regalo. Tenía que llevarlo a la cama, hacerle cosas que le nublaran la cabeza, y Asaad le perdonaría la vida. Pero ¿por qué? ¿Tenía que clavarle un cuchillo en un momento de pasión? No. Asaad lo quería vivo hasta que firmase el contrato.

A lo mejor el canalla sólo quería mirar por un agujero en la pared. A lo mejor aparecían sus hombres mientras se acostaba con ella. A lo mejor era la auténtica diversión de la noche.

—No se preocupe, señor Knight. Layla trató de matarme a mí. Eso no supone que vaya a hacer lo mismo con usted.

—Francamente, excelencia —dijo Cam con una sonrisa de hombre a hombre—, lo único que me preocupa, si quiere llamarlo así, es que se pierda semejante bombón.

—Por supuesto —el sultán se inclinó hacia él—. Entonces se alegrará de oír que he decidido regalársela para esta noche.

—Es usted muy generoso —dijo Cam, tratando de que pareciera verdad—, pero no debe olvidar lo que le dije antes, ha sido un largo viaje y...

—Cansado —Asaad hizo un guiño—. Pero los dos somos guerreros, y los guerreros saben cuál es la mejor forma de reponer fuerzas. A no ser... ¿No le gusta ella? Tiene los principios de una víbora del desierto, pero no tiene nada que temer. Mis hombres estarán de guardia detrás de su puerta –a Cam casi se le escapó la risa. Hubiera apostado por ello–. Le dará placeres con los que ni siquiera ha soñado.

–Estoy seguro, excelencia. Pero...

–Mírela mejor, señor Knight.

Asaad agarró un pecho de la mujer y le pellizcó el pezón a través del tejido dorado. Ella se resistió pero no hizo ningún ruido. Cam se metió las manos en los bolsillos para evitar agarrar del cuello al sultán. ¿Qué más daba si Asaad la maltrataba? Era suya, podía hacer con ella lo que quisiera. Había visto cosas peores en sus años de operaciones encubiertas.

De todos modos lo que estaba ocurriendo seguía haciendo que se le encogiera el estómago.

–Tóquela usted, señor Knight. Descubra lo suave que es su piel.

Asaad pasó la mano desde el pecho hasta el vientre de la mujer. Vio cómo ella tragaba con dificultad. Respiró hondo, y los pezones presionaron contra el tejido dorado.

El sultán rió a carcajadas.

Y Cam pudo apreciar la respuesta de su cuerpo. Quería tocarla. Quitar del medio a Asaad y poner las manos en Layla. Se despreciaba por ello, pero la necesidad ardía en su vientre, caliente como una llama. Deseaba descubrir sus pechos y ver si los pezones tenían el color de los pétalos de rosa o la palidez de los melocotones. Saborearlos, acariciarlos con la lengua mientras deslizaba la mano entre sus muslos, por debajo del tanga hasta su caliente y húmedo centro.

Se dijo que había una razón lógica para aquella locura. Toda la adrenalina que había quemado en las últimas horas de estar en guardia. Cualquier hombre estaría más que preparado para la liberación que suponía el sexo. Daba lo mismo que la mujer fuera prostituta, ladrona o peor. Que se hubiera vendido a no se sabe cuántos hombres.

Era hermosa, y la deseaba... pero no podía tomarla. Era una trampa dorada.

Cam dio un paso atrás y apartó cualquier imagen de ella de su cabeza.

–Haga con ella lo que quiera –dijo con frialdad–. No me interesa.

Se hizo un silencio. La mujer levantó la cabeza. En sus labios se dibujó una sonrisa insolente mientras los ojos lo recorrieron deteniéndose en la tensa tela que ocultaba sus genitales, después lo miró a la cara.

–Lo que quiere decir, mi señor Asaad –dijo con suavidad sin dejar de mirar a Cam a los ojos–, es que no es lo bastante hombre como para utilizarme de forma adecuada.

Habló en inglés, pero el tono de insulto fue evidente. Un rugido colectivo surgió del resto de los hombres presentes. Después de un momento de estupor, el sultán echó para atrás la cabeza y empezó a carcajearse. El mundo se oscureció, se encogió, reduciéndose a sólo una sonrisa burlona de la mujer y la cara de felicidad del sultán.

Cam murmuró una obscenidad, deslizó la mano por la estrecha cinta del sujetador de la chica y lo rompió en dos trozos. La mujer se puso pálida. Movió las manos en un intento desesperado de cubrirse, pero Cam la agarró de las muñecas y le obligó a bajar las manos.

El único sonido que se escuchaba en el patio era el sonido de su respiración.

–¿Te gusta jugar fuerte? –dijo con suavidad con una sonrisa retorcida. Despacio la recorrió entera con los ojos.

Sus pechos eran perfectos. Redondos y levantados, del tamaño justo para llenar sus manos. Los pezones, erguidos por la brisa de la noche, tenían el tono de melocotones maduros.

—Muy bien —dijo con una voz que casi no reconoció como suya.

Mirándola a los ojos, levantó las manos y pasó ligeramente los nudillos por los pechos. Cuando ella trató de zafarse, los guardias la agarraron de los brazos y la obligaron a permanecer quieta para que Cam pudiera acariciar los pezones con las yemas de los dedos.

—He cambiado de idea —dijo con voz grave—. Me la quedo.

El grito de la mujer se perdió entre el alborozo de la multitud mientras la levantaba, se la echaba al hombro y se dirigía al palacio.

Capítulo 3

LA multitud de bárbaros muertos de risa se abrió a su paso como las aguas del Mar Rojo.

Leanna tenía un plan, pero todo había salido mal.

Una mano le acarició las nalgas. Gritó. El cerdo que la había tocado dijo algo que hizo reírse a carcajadas a los demás.

—Por favor —susurró a su captor—, por favor, has entendido mal.

Cam gruñó algo y cambió de postura para repartir su peso de otro modo. Parecía que no podía oírla. La llevaba al hombro como si fuera el saco de una lavandería, mientras sus manos atadas intentaban sujetar desesperadamente los extremos del roto sujetador.

Como si su pudor importara en un momento como aquél. Como si algo importara excepto obligar a ese hombre a que la escuchara. Un par de horas antes parecía todo tan claro. Lo que iba a hacer y cómo. Los gigantes la habían llevado ante el sultán, quien la había mirado y sonreído como haría un gato con un ratón.

—Muy bonita —había dicho suavemente.

Después le había dicho que tenía que aplazar su primer encuentro con ella, como si que la raptara hubiera sido algo que ella había deseado.

—Tengo un invitado —había dicho—, un socio estadounidense. Acuéstate con él, mantenlo ocupado de modo que no pueda ver ni oír nada, y te recompensaré mandándote a casa.

Sí, y Papá Noel y Bugs Bunny eran primos. Asaad nunca la dejaría libre, pero Leanna había pensado que seguirle el juego sería lo mejor. Había pensado que la meterían en la habitación del estadounidense envuelta con papel de regalo. Se cerraría la puerta, habría sonreído y le hubiera dicho, en voz muy baja porque hasta las paredes oyen: «Menos mal que estás aquí. Soy americana, me han secuestrado. Se supone que tengo que entretenerte para que seas sordo y ciego a lo que sea que el sultán planea hacer contigo. Tenemos que salir de este horrible lugar antes de que eso ocurra».

En lugar de eso, la habían entregado como un paquete delante del sultán. De acuerdo, había pensado, esperaría hasta que estuviera sola con el estadounidense. Pero eso nunca sucedería si él rechazaba el regalo de Asaad. Los ojos del hombre habían brillado de deseo al verla. Su cuerpo había respondido, había sido imposible no notarlo. Y entonces su mirada caliente se había congelado. No sabía por qué. Tenía que hacer algo y rápido.

Su aspecto, rostro duro y cuerpo musculoso, la tensión en la mandíbula, los vaqueros desteñidos y las botas de cuero, todo hablaba de un hombre muy masculino. Un hombre que no dejaría pasar como si nada un insulto. Así que había conseguido tentarlo. Ésa era la parte buena.

La mala era que había funcionado demasiado bien. Había roto su sujetador. La había tocado con una lujuria helada que le había hecho sentir más miedo que nada de lo ocurrido hasta ese momento... Pero era demasiado tarde. Era un compatriota. Eso tenía que valer algo.

Los guardianes de las puertas del palacio sonrieron cuando pasaron a su altura. Las puertas se cerraron, y se quedó sola con el estadounidense.

Era el momento, se dijo, y tomó aire. A pesar de

todo sabía que tenía que mantener la calma. Si lo hacía, seguramente podría comunicarse con él.

–Señor Knight, ése es su nombre, ¿verdad?

El estadounidense empezó a subir las escaleras.

–Señor Knight. El sultán miente. Yo no he robado nada, tampoco he tratado de matarlo. Ni siquiera me llamo Layla.

Sabía que podía oírla. No había nadie, nada de ruido, sólo el sonido de sus botas contra el mármol. ¿Por qué no decía nada?

–¿Me oye? –seguía sin responder–. Señor. Diga algo. Dígame que ha entendido lo que...

–Cállate.

Leanna chilló y le golpeó en la espalda con el puño. Fue tan efectivo como tirar piedrecitas a una roca.

–Maldito –gritó, y le clavó los dientes en el hombro. Todo lo que consiguió fue llenarse la boca de camisa vaquera, aunque atrajo su atención.

–Haz eso otra vez –gruñó–, y te haré yo lo mismo.

–¡Tiene que escucharme! Sé lo que le ha dicho Asaad, pero...

–¿Quieres que te amordace además de atarte?

¡Era tan salvaje como el sultán! Cómo había podido ser tan estúpida de pensar que su nacionalidad común tendería un puente de decencia en aquel lugar perdido.

Escuchó otras dos risas y vio otros dos soldados. Pasaron al lado de ellos, atravesaron una gran puerta y entraron en una habitación enorme. Una habitación presidida por una cama del tamaño de un estadio. La tiró encima de ella y fue a cerrar las puertas.

–Por fin solos –dijo Cam con frialdad.

Leanna se arrastró hasta el cabecero.

–Señor Knight –dijo, desesperada–. Sé lo que piensa...

Cam soltó una carcajada peligrosa.

—Apuesto a que sí.

—Pero se equivoca. No soy... No soy lo que el sultán... —abrió los ojos de par en par al ver que empezaba a desabotonarse la camisa—. Espere, por favor. Usted no... No entiende nada.

La miró a los pechos, que se derramaban fuera del sujetador roto al que se agarraba como a un salvavidas.

—Suéltalo.

—¿Qué?

—Que sueltes eso —le dirigió una mirada que le heló los huesos—. Me ha gustado lo que he visto en el patio, Layla. Quiero volverlo a ver.

—No me llamo Layla, me llamo...

—No me importa cómo te llamas. No vamos a salir a tomar algo e intercambiar teléfonos. Vamos a ir directamente al grano —rugió—. Suelta el sujetador.

—No soy... una fulana —dijo desesperada—. No soy nada de lo que ha dicho Asaad.

Cam endureció el gesto.

—Nada de juegos, bonita. Si te crees que estoy de humor para jugar a la virgen y el salvaje, te digo desde ahora que no.

—No estoy jugando a nada. Sólo estoy tratando de...

—¿Cómo quieres que hagamos esto?

—No... no le sigo...

—¿De la forma fácil? —su tono se suavizó como seda salvaje—. Si quieres, puedo hacer que disfrutes.

—¡No quiero que me hagas nada! Te estoy diciendo que soy americana, como tú.

—Tú no eres como yo —dijo, mostrando los dientes en una escalofriante sonrisa—. Si lo fueras, no te querría en mi cama.

—Dame un minuto. Sólo un minuto. Puedo explicártelo todo. Asaad ha dicho cosas que no...

—No son ciertas.

–¡Sí! –dijo, excitada–. Oh, por fin. ¡Lo has entendido! Tú, tú... ¿Qué haces?

Una pregunta innecesaria. Lo que estaba haciendo
era terriblemente obvio.

Se estaba desnudando. Quitándose las botas, la camisa.

A Leanna el corazón casi se le salió por la boca. Había notado lo fuerte que era cuando la había llevado a
cuestas, pero ver su pecho, sus hombros... sabía que no
tenía ninguna posibilidad frente a él. El hombre al que
pertenecía esa noche era como una pantera, igual de letal.

Le había dicho que no estaba de humor para juegos, pero estaba jugando por su cuenta mientras ella
balbuceaba pidiendo misericordia. A lo mejor aquello
le divertía. De lo que sí estaba segura era de que cuando se cansara de todo aquello, se haría con ella prácticamente sin esfuerzo.

–Sé que estás enfadado conmigo, pero...

–No estoy enfadado, Layla, sólo cansado de escu-
charte.

–Lo que te he dicho abajo, lo que te he dicho... Lo
único que quería era atraer tu atención.

–Sí. Bueno, pues lo has conseguido.

–Tenía que encontrar el modo de estar a solas contigo.

–Estoy conmovido.

Tenía las manos en el cinturón, soltando la hebilla.
Cuando lo consiguió, soltó el botón de encima de la
cremallera, dejando ver el inicio de una línea de sedoso vello que seguía hacia abajo. El terror recorrió su
cuerpo, pero sabía que no tenía que mostrarlo. A lo
mejor eso lo excitaba todavía más.

–Necesito que me ayudes. ¡Te lo juro! Sólo escúchame y...

–No has respondido a mi pregunta –dijo, empezan-
do a acercarse, mirándola a los pechos, el vientre, los

muslos–. Puedo poseerte despacio o sin preliminares. Tú decides.

Leanna reprimió un sollozo cuando él alcanzó la cama. Intentó escapar, pero la agarró de una pierna y la arrastró hasta el centro del colchón.

–Sexo duro –rugió–. Por mí está bien.

–No –jadeó, y abandonó todo intento de razonar.

Iba a por ella, y tenía que luchar por su vida dando patadas, rodillazos, más patadas, buscando sus genitales, golpeándolo en el estómago con la rodilla.

–Bueno –dijo, sonriendo–. Ya está bien.

Con manos rápidas soltó la cuerda de sus muñecas y le llevó las manos por encima de la cabeza y las ató al cabecero. Cuando lo pateó con más fuerza, sacó el cinturón de los vaqueros y lo pasó alrededor de su pierna derecha atándolo después a los pies de la cama antes de saltar de la cama para volver con un pañuelo, una atadura brillante y suave que enrolló a la pierna izquierda y después ató a la cama.

Aterrorizada, lanzó un agudo grito que perforó el aire.

–Grita –dijo–. Eso me gusta. Sabes que tenemos una multitud escuchando detrás de la puerta. Grita, mejorarás el espectáculo.

–No –susurró, porque un susurro era de todo lo que era capaz–. Por favor, no, no.

–¿Por qué no? –dijo con frialdad–. ¿Porque no he pagado por entrar?

Se echó al lado de ella.

–Oh –dijo Leanna. Apartó la cara, cerró lo ojos y dejó correr las lágrimas.

Todo lo que podía hacer ya, era sobrevivir.

Era buena, pensó Cam. Eso había que reconocérselo. Era una actuación de primera. De provocadora sexy a inocente aterrorizada en veinte minutos. ¿Por qué la gran actuación? La provocación y después el cambio.

Lo único cierto era que la chica era una gran actriz. Seguramente sería mejor mentirosa. ¿Cuántos hombres habrían pagado por sus favores? Pasó la mirada más despacio por ella mientras yacía allí despatarrada para él, con aquellos gloriosos pechos desnudos, los dorados muslos abiertos para su placer.

La erección iba a matarlo si no entraba en ella pronto. Así que, ¿por qué dudaba? Su miedo no era real. Era parte de la actuación. A él le gustaba. Había hecho muchas cosas en una cama que no tenían nada que ver con la postura del misionero. Además ella no le había dejado otra opción. El tipo de juego que había elegido sólo tenía una conclusión posible.

Porque era un juego, ¿verdad? ¿Sería posible que estuviera diciendo la verdad? ¿Que no quisiera hacerlo con él? No. Imposible. Si ése fuera el caso, podría haber cumplido su deseo sin ningún esfuerzo. Ya le había dicho al sultán que no la quería. ¿Por qué lo había provocado deliberadamente si no era para que cambiara de opinión y que sí la aceptara?

Cam entornó los ojos. Todo olía a timo. Ella arrastrada como una criminal; Asaad diciendo que iba a matarla, la mujer con su «no eres bastante hombre» seguido de su inverosímil petición de ayuda. ¿Habían preparado todo aquello para que el estúpido estadounidense acabara pensando con sus hormonas en vez de con la cabeza? Si era así, había funcionado.

Pero se estaba calmando. Estaba pensando de nuevo. Y en lo que pensaba era en que la puerta estaba cerrada, lo mismo que las ventanas. Se había dado cuenta antes de reunirse con el sultán. Tenía una Beretta escondida debajo del colchón y una mujer hermosa en su cama.

Tensó el cuerpo. Iba a poseerla.

La vida en las Fuerzas Especiales y en la Agencia le había enseñado que siempre había que pagar un peaje por el estrés. La meditación tenía su función, pero había veces que se necesitaba algo más. Algunos hombres recurrían al alcohol; otros, a drogas. Cam había aprendido hacía mucho tiempo que lo que a él le funcionaba era el sexo. El sexo con una mujer hermosa y experimentada era suficiente para hacerle olvidar las lindezas de la conducta civilizada.

Layla parecía adecuada para aquello. Unos largos minutos dentro de ella, disfrutando de su dulce calor, saboreando su boca de aspecto suave, y estaría nuevo. Estaría bien que dejara de fingir y admitiera de una vez que lo deseaba tanto como él. Era muy buena simulando, pero había cometido un fallo un momento antes cuando se había quitado la camisa.

Lo que había visto en sus ojos no había sido pánico. Era deseo.

Y así era como la quería poseer una vez controlada la situación. Sólo podía hacerlo con una mujer que lo deseara. ¿Juegos? Claro. Una mujer guapa deseando que la poseyeran, pero fingiendo que no, podía ser excitante. Una violación no lo era.

Era el momento de que terminara la actuación y empezara la realidad. Cam volvió a mirar a la mujer que tenía a su lado. Era hermosa, una criatura de pálida piel dorada y oscuro pelo de oro. Una bailarina, había dicho Asaad. No importaba nada más. Así era como pensaba de ella en ese momento: como su pareja en una danza erótica que disfrutarían los dos.

–Mírame –dijo. Cuando ella no lo hizo, la agarró de la barbilla y la obligó a mirarlo–. Abre los ojos.

Lentamente, hizo lo que le ordenaba. Sus iris, rodeados de negro, eran del azul profundo del cielo de verano. Las pestañas eran largas y gruesas, húmedas por las lágrimas. ¿Lágrimas? Definitivamente era muy buena a la hora de hacer que un hombre la deseara, y él lo hacía con cada gota de su sangre.

–Nunca he pagado por una mujer –dijo con voz ronca–, pero si lo hiciera, creo que podría empezar por ti.

Se acercó más a ella, y dibujó el contorno de su labio inferior con la punta de un dedo, sintiendo cómo temblaba. Se inclinó sobre ella y rozó la boca con la suya.

–Todo el tiempo que hemos estado en el patio –susurró– me lo he pasado pensando en tu boca. En lo que serías capaz de hacer con ella.

Lentamente volvió a apoyar los labios en los de ella, más fuerte esa vez, lo suficiente para sentir su rápida inspiración.

–Deja de fingir que no quieres hacerlo –dijo bruscamente–. Bésame. Déjame saborearte. Déjame hacer bien las cosas.

Leanna hizo un pequeño ruido y trató de apartarse de él cuando volvió a inclinar la cabeza sobre ella y hundió la mano entre su pelo. El juego seguía.

La besó. Su boca era suave y cálida. Cam gimió, cambió el ángulo del beso hasta que ella emitió un ligero sonido y separó los labios.

–Así –dijo Cam, y deslizó la lengua en su boca, sintiendo cómo ella se estremecía.

Se iba a volver loco. La sensación de su boca. El aroma de su piel. La presión de sus pechos desnudos contra su propio pecho...

Se echó para atrás. Agarró los pequeños y perfectos montículos. Ella abrió los ojos.

–Tienes unos pechos increíbles –dijo con voz ronca.

–Por favor –murmuró ella–. Por favor, te lo ruego...

–¿Qué? –dijo, mirándola a los ojos mientras acariciaba unos de los pezones con el pulgar–. ¿Te gusta esto? Dímelo. Dime lo que te gusta.

Se inclinó sobre ella, lamió un pezón. Ella gimió, y volvió a inclinarse y sopló suavemente la piel de nácar, después lo saboreó con toda la boca. Ella se arqueó, y un sollozo escapó de su garganta, un sollozo agudo y salvaje y lleno de algo que él no pudo definir totalmente.

¿Sería sorpresa?

Quería que lo fuera. Quería ser el primero que había arrancado ese sonido de labios de una mujer que nadie sabía cuántos hombres la habían tenido entre sus brazos.

Respiraba aceleradamente, gemía suavemente, se retorcía entre sus manos cuando la acariciaba, pellizcaba sus pezones o besaba su cálida piel. Dijo algo que él no pudo oír, lo susurró mientras la tocaba.

–Dime –dijo con voz de deseo–. Dime qué sientes.

Cam deslizó la mano entre ambos muslos. Recorrió una pierna sintiendo el calor en su piel. Le ardieron las fosas nasales al reconocer en ella el inconfundible aroma del deseo.

–Dios mío –susurró ella–. Dios mío...

Leanna levantó la cabeza de las almohadas, gimió y le ofreció la boca.

Con un ruido sordo, él aceptó el beso que le ofrecía. Se sumergió en él. Sintió por primera vez el tentador tacto de su lengua, la escuchó gemir y supo que la estaba llevando con él a un aterciopelado torbellino de deseo donde no importaba nada.

Sintió que ella empezaba a temblar.

«Para», le susurró una voz interior. «Es un error, para, hombre. ¡Para!»

Pero era demasiado tarde.

Se apretó más contra él. Aquello, hacerle el amor,

sentir la súbita respuesta de ella y saber que las ataduras en sus muñecas y tobillos la mantenían abierta a su disposición, era increíblemente excitante. Pero quería más. Quería sus brazos alrededor del cuello, sus piernas alrededor de la cintura mientras se vertía dentro de ella.

Cam la recorrió con las manos, oyendo sus violentas inspiraciones. Cuando llegó a los muslos, su piel quemaba, ardía lo mismo que él. La besó en el cuello y escuchó ese sonido que las mujeres hacen cuando están al borde de aceptar un abrazo para siempre.

—Dímelo ahora —dijo él—. Dime lo que quieres. Haré que suceda, te lo prometo.

—Desátame —susurró—, y te lo mostraré.

Dudó un instante, pero soltó las ataduras de las muñecas, estremeciéndose cuando ella recorrió los brazos hasta el pecho. La besó, y ella mordió sus labios suavemente.

—Por favor —dijo ella, mezclando su aliento con el de Cam.

Sus dudas se prolongaron un poco más esa vez. Pero la hermosa bruja que tenía entre sus brazos se frotó contra él con la delicadeza de un gato y dejó de dudar, rápidamente le desató los tobillos. Después volvió sobre ella, volvió a besarla, despacio, usando la lengua como usaría su erección en un minuto porque no podía esperar mucho más.

La poseería una vez, rápido y fuerte, después, despacio, para que durase mucho, mucho tiempo.

Ella volvió a cambiar de postura. La miró a la cara, sus ojos brillaban.

—Has dicho que me mostrarías lo que quieres —susurró.

—Sí —dijo—. Lo haré.

Más tarde, recordando, se dio cuenta de que en aquellas sencillas palabras había notado algo que tenía que haberle dado la clave, pero en ese momento, demonios, justo en ese momento, era un hombre capaz únicamente de seguir el ritmo que le marcaba su excitado cuerpo.

—Dímelo —dijo, y entonces se quedó completamente quieto al sentir el frío acero contra su vientre.

Respiró deprisa mientras el instinto le hacía encoger el estómago, pero el beso del acero seguía ahí. La mujer que tenía entre sus brazos sonrió y le acercó los labios al oído.

—Tengo un cuchillo en tu tripa —dijo en un tono tan suave como la caricia de una amante—. Haz un movimiento estúpido, señor Knight, y te juro que lo usaré.

Capítulo 4

LA reacción de él fue la que había esperado.

Esconderse la pequeña lima de uñas había sido un golpe de buena suerte. La había robado mientras la vestían para su encuentro con el sultán, la había metido en el tanga para usarla cuando fuera necesario, y ese momento había llegado.

Cuando Knight había encogido el estómago, como si así pudiera separase de la afilada punta, casi había llorado de felicidad. Era lo primero que le había salido bien. Había cometido un error detrás de otro: subestimando a Asaad, subestimando a su horrible invitado...

Y subestimando su propia reacción ante lo que estaba sucediendo en la cama.

Knight la había atado, tocado, besado. Se había resistido, luchado, había hecho todo lo posible para mantenerlo lejos de ella... Y entonces, entonces algo había cambiado. Su terror se había disuelto en un corriente de calor. Las manos de él en sus pechos, el sabor de su boca...

Daba lo mismo. Los papeles se habían cambiado. Tenía un arma, y su afilada punta estaba donde ella quería que estuviera. El equilibrio de poder había cambiado. E iba a quedarse así.

Sintió que él se movía, y decidió hacer un poco más de presión.

—No hagas ninguna tontería —susurró Leanna.

—¿Qué demonios haces?

Su voz era suave. Sabía que estaba manteniendo ese tono por si alguien estaba con la oreja pegada a la puerta.

—Tengo un cuchillo muy afilado en tu estómago, señor Knight, no me des ninguna razón para utilizarlo.

—Tranquilízate. Mantén la calma y dime qué es lo que quieres.

—Quiero librarme de ti.

—Claro. No hay problema. Sólo tienes... ¡Eh! Tranquila con ese cuchillo.

—No trates de engañarme. Quiero librarme de ti y quiero salir de aquí.

—Muy bien. Dame el cuchillo y hablamos de ello.

Casi se echó a reír. ¿Pensaba que era estúpida? Si lo hacía, volvería a estar atada en un abrir y cerrar de ojos y después la castigaría por lo que había hecho. Su poderoso cuerpo la aplastaría contra el colchón. La besaría hasta que pidiera clemencia... hasta que su cuerpo traidor se derritiera por sus caricias como ya lo había hecho antes.

Enfadada con él, consigo misma al comprobar que nada tenía sentido, endureció la voz.

—No hay nada de que hablar. Haz lo que te digo o te meteré esta fría hoja entre las costillas.

—¿Es ése el cuchillo que intentaste usar con Asaad?

—Exactamente.

—Creía que no habías intentado matarlo.

—Te mentí.

—¿Por qué? Qué sentido...

Leanna empujó un poco más la punta.

—¿Recuerdas lo que dijiste sobre tener una conversación? Yo lo recordaría si fuera tú. No vamos a salir a tomar algo... Yo doy las órdenes ahora.

—Pues trata de dar una que te libre de mí. Es difícil pensar con algo así en las tripas... y contigo tumbada debajo.

Leanna sintió que su cara se enrojecía. Tenía razón sobre lo de estar debajo de él. Seguían juntos, como amantes y, aunque pareciera imposible, seguía excitado, la dura cresta de su masculinidad seguía presionándole en el vientre.

—Además, si no hacemos algo pronto, tendremos un montón de gente pidiendo que le devuelvan el dinero.

—¿Qué? –preguntó Leanna, parpadeando.

La voz de Cam era dulce, como si le estuviera diciendo lo que un hombre suele decirle a una mujer en la cama.

—No me digas que no te imaginabas que teníamos público.

—Quieres decir... ¿mirando?

—A lo mejor. Pero seguro que están escuchando –una sonrisa diabólica se dibujó en sus labios–. ¿Cómo si no iba a saber Asaad cuándo actuar?

Era el turno de ella para sorprenderse.

—¿Sabes que va a hacerte algo?

—Me lo imagino, sí.

—Bueno, si te lo imaginabas, tendrás alguna idea.

Un hombre inteligente así lo habría hecho, pero durante la última hora y media no se había comportado de forma muy inteligente. Todavía tenía la Beretta al alcance de la mano.

Y ella tenía un cuchillo en su estómago.

—La tengo –dijo en tono confidencial.

—Y ¿cuál es?

—Quita de en medio ese cuchillo y te contaré mi plan.

—Olvídalo –dudó ella–. ¿Hay algún sitio donde podamos hablar sin que nos escuchen?

—Puede ser.

—¿Dónde?

—En el cuarto de baño. Tiene las paredes y el suelo

de mármol. Vamos allí, cerramos la puerta, abrimos el agua para apagar el sonido de nuestras voces y a lo mejor podemos mantener una conversación de cinco minutos antes de que se pongan nerviosos.

—Si tienes razón, si nos están mirando, ¿no se preguntarán por qué vamos juntos al baño? Sólo puede ser para escapar de ellos.

—No, si jugamos bien nuestras cartas.

—¿Qué quieres decir?

—Quiero decir que puedo hacer algo que haga que quieras bañarte.

La punta de la lima se clavó un poco más en la piel.

—Usa eso y nuestras oportunidades de salir de aquí se reducirán a cero —Cam no dejaba de mirarla a los ojos—. ¿Sabes lo que quiero? —dijo en voz alta—. Un baño. Aceite aromático, velas...

Lo miró.

—Di algo —murmuró él.

—Ah... Un baño... Eso suena... suena bien.

—Sí, ¿verdad?

Cam la levantó de la cama, aguantó la respiración y esperó el beso de fuera lo que fuera que ella tenía en la mano, una navaja, un cuchillo... algo todo lo grande que permitía que se pudiera ocultar en el trozo de cadenita de oro que ella llamaba tanga.

Entró con ella al baño y cerró la puerta con el codo. Ella empezó a hablar. Cam le puso el dedo en los labios y esperó. No sucedió nada. Nada de golpes en la puerta de la habitación, nada de gritos, nada de pisadas por el pasillo. Todavía con ella en brazos, abrió los grifos de la bañera.

El agua golpeó con fuerza contra el mármol.

—Ahora —dijo en voz baja—, dame el cuchillo.

—Cuéntame tu plan y veré si te doy el cuchillo.

Cam apretó la mandíbula. Aquella mujer era tan

testaruda como bonita. Tendría que manejarla con un poco más de precaución.

—Voy a dejarte en el suelo. No hagas nada de lo que puedas arrepentirte.

—Tú tendrías más de qué arrepentirte que yo.

Con cuidado la puso de pie. El cuchillo había desaparecido, de momento.

—De acuerdo —dijo él—, dime lo que sabes.

—Asaad está planeando algo.

—¿Y?

—Supongo que para distraerte.

—¿Eso?

—¿No es bastante?

Cam se pasó la mano por el pelo.

—Fantástico —murmuró—. Mi propia Salomé.

—¿Qué?

—Salomé, ¿no te acuerdas? La mujer que puso tan caliente a un tipo, que ni siquiera se dio cuenta cuando su cabeza estaba en una bandeja delante del rey.

—Mientras te dedicas a ser tan listo, Asaad seguramente está preparándose para matarnos. ¿Qué vamos a hacer?

¿Por qué hablaba en plural? Él no pensaba contar con ella. Todo lo que quería era quitar a aquella mujer el arma con el que lo amenazaba. Después, le diría adiós y al diablo. Si se la llevaba con él, le traería complicaciones.

—De acuerdo —dijo Cam, mintiendo entre dientes—. Pero no te va a gustar mi plan.

—Prueba a ver.

—Están esperando el gran momento. El clímax.

Leanna se quedó pálida.

—¿Te resulta divertido? —dijo, acercándose a él y haciendo que sintiera de nuevo el beso del acero en su vientre—. A lo mejor esto también te lo parece.

–Lo que me parece –dijo perezosamente–, es que hablas demasiado.

La empujó de espaldas contra la pared, le agarró la cara y la besó. Ella intentó protestar y él aprovechó para hacer el beso más profundo. Ella hizo un ruidito que le recordó que todo era una actuación. Todo teatro, pensó... y apretó con el pulgar en un punto entre la clavícula y la garganta. Leanna se desplomó en sus brazos. El arma con la que lo había amenazado cayó de su mano inerte. No era una navaja, ni un cuchillo, pensó Cam con rabia. Era una lima de uñas de menos de diez centímetros.

La miró a la cara. El color le volvía lentamente.

–¿Qué... qué me has hecho? –susurró.

–Un pequeño truco –dijo con una sonrisa forzada.

–¡Me has engañado!

–Oh, claro. Tú no utilizas trucos, cariño. Tú siempre dices la verdad... Como en la cama. Los gemidos, los suspiros. Todo real, ¿verdad?

Como aquello era una locura, casi esperó que ella dijera que sí.

–Hice lo que tenía que hacer.

–Recuerda esas palabras –dijo él y Leanna supo que se iba a marchar sin ella.

No podía dejar que eso sucediera. Tenía que haber una forma de convencerlo de que la llevara con él, pero ¿cuál?

–De acuerdo –dijo Cam con suavidad–. Esto es lo que vamos a hacer. Quédate aquí. Voy a volver a la habitación y...

–No.

–¿Cómo que no?

–Seguiremos juntos.

–Ésta es la única forma.

Maldición, lo era. Su pistola estaba en cama, y sus botas, lo mismo que una ventana que daba a un sendero que conducía al patio.

–¿Por qué debería esperar aquí mientras tú vas a la habitación?

–Tengo una pistola allí.

–Tú estás planeando salir por la ventana del dormitorio.

Estás loca.

Leanna señaló con la barbilla una gran ventana al lado de la bañera.

–¿Qué pasa con ésa?

–¿Se abre?

–Claro que se abre –dijo ella.

Bueno, seguramente se abría, había probado la de la habitación, no ésa, pero ¿qué importaba? No iba a salir por ella.

–Bueno, pero te he dicho que mi pistola...

–Mientes. No hay ninguna pistola. Lo único que quieres es largarte sin mí.

–¿Por qué iba a hacer algo así?

Leanna sonrió.

–Mira, el agua está a punto de salirse de la bañera.

–Sí. Bien –Cam cerró el grifo–. Bueno, voy a abrir esta puerta y...

–Vas a abrir la ventana –dijo ella, y dejó escapar un grito que helaba la sangre.

Cam abrió los ojos con incredulidad. Blasfemó y le tapó la boca con la mano, pero era demasiado tarde. Algo golpeó contra la puerta del dormitorio.

Miró alrededor, echó el cerrojo del cuarto de baño. Era bastante viejo y no aguantaría muchos golpes, pero cualquier acción que los retrasara sería mejor que nada.

Salomé ya estaba en la ventana luchando con el pestillo.

–¡Está atascado!

Cam volvió a maldecir y la apartó, golpeó el cierre con el puño. La lima de uñas. A lo mejor.. sí, un par de golpecitos y el cierre se abrió. Los sonidos de la habitación de al lado crecieron en intensidad. Las puertas cederían en unos segundos.

–Ya vienen –dijo en un susurro de pánico–. ¡Ya vienen!

–Menuda sorpresa –murmuró Cam mientras apartaba las contraventanas y se apoyaba en el ancho alféizar.

–¡Por favor! ¡No me abandones!

Se dio la vuelta, miró a la mujer, vio su pelo dorado sobre los pechos desnudos, vio sus ojos azules como el mar llenos de terror. Se había metido ella sola en ese lío, había llegado hasta ese agujero por cualquiera sabía qué causa y le había obligado a fugarse de forma improvisada. La Beretta que podía ser su única oportunidad de supervivencia estaba tan fuera de su alcance como todo lo que había dejado en Dallas.

–Por favor –susurró– no me dejes.

El sonido procedente de fuera del dormitorio aumentaba de intensidad como si estuvieran golpeando la puerta con un ariete.

–Por favor –volvió a decir con desesperación.

Cam se inclinó hacia ella blasfemando.

–Dame un solo problema más y me deshago de ti. ¿Entendido?

–Sí, sí, sí, sí.

Alzó la mano, se agarró a la muñeca de él, y Cam tiró de ella y la colocó a su lado en el alféizar.

–Vamos a tener que saltar –dijo él– y, al llegar al suelo, correr.

–¿Correr adónde?

–A donde yo te diga. ¿Lista?

–Lista –asintió con la cabeza.

Podía oír castañetear los dientes de ella. Estaba muerta de miedo. Igual aterrorizada era dócil.

–Una –dijo él–, dos...

Entrelazó los dedos con los de ella. Saltaron, y ella cayó de pie a pesar de los larguísimos tacones. Cam echó un vistazo rápido alrededor. Estaban en un especie de camino que discurría junto a una tapia. Por encima de sus cabezas una fina luna mandaba una luz amarilla sobre la tierra donde había visto por primera vez a Salomé.

–¿Corres tan bien como juegas en la cama, Salomé? –no esperó ninguna respuesta, directamente le dio un empujón y la colocó tras él–. Sígueme –dijo–. Corre como si nos persiguiera el diablo.

Era rápido. Podía correr cinco kilómetros sin romper a sudar, si ella podía aguantar, bien, si no...

Se detuvo cuando llegaron al final de la pared. Ella chocó contra él. Se mantuvo quieto, después echó un vistazo desde la esquina.

Los vehículos que habían formado el convoy seguían aparcados en el camino de acceso.

–Quédate aquí –susurró.

–De ninguna manera.

–Quédate aquí, ¡maldita sea! –le agarró la mano y le puso la lima de uñas en ella–. Usa esto si es necesario.

Empezó a salir de la zona de sombra.

–¡Espera! –dijo ella con urgencia en la voz.

Se volvió y la miró.

–¿Qué?

–No sé cómo te llamas, quiero decir que no puedo seguir llamándote señor Knight.

–Cameron, Cam.

–Cam –dijo, y le dedicó una temblorosa sonrisa.

De forma impulsiva le agarró la cara y la besó. Después respiró hondo, se agachó y echó a correr hacia los vehículos aparcados. La suerte estaba de su lado. Los conductores no se habían llevado las llaves de contacto. Las quitó de todos los vehículos y se las metió en el bolsillo. Llegó hasta el Humvee que estaba al principio de la fila cuando el grito airado de una muchedumbre rompió el silencio de la noche. Los secuaces del sultán habían conseguido tumbar la puerta y habían descubierto que no había nadie en la habitación.

–Salomé –gritó Cam–. ¡Corre!

Corrió hacia él, se metió en el Hummer en el momento que él arrancaba. El todoterreno salió disparado cuando el primer hombre de Asaad aparecía en la esquina.

–Agáchate –dijo Cam. Como ella no lo hizo lo bastante deprisa, apoyó una mano en su cabeza y la empujó debajo del asiento–. ¡Maldita sea! ¿Qué te he dicho? Tienes que hacer lo que te diga.

–Se me ha caído la lima de uñas –dijo sin respiración.

–Supongo que podrás pasar sin ella –dijo mientras cambiaba de marcha.

Sabía de sobra que ella se refería a la lima como a un arma, pero tenían otras preocupaciones mayores gracias a ella. Lo había obligado a escapar de un modo que no había planeado.

El tableteo de un Kalashnikov sonó en medio de la noche, pero antes de no mucho tiempo estarían fuera del alcance de los hombres y las balas. Delante de ellos se abría el inmenso desierto. Y cualquier mínima esperanza de sobrevivir que tuvieran, estaba allí.

Capítulo 5

CAM tiró por la ventanillas todas las llaves mientras Leanna buscaba a tientas lo que quedaba de su sujetador. De algún modo se las arregló para atar los extremos. Era bastante surrealista ir a toda velocidad por el desierto al lado de un hombre como Cameron Knight con los pechos al aire.

¿De verdad hacía sólo unos días estaba bailando en Ankara? Se encontraba en un lugar gobernado por psicópatas y con su vida en manos de un hombre de ojos de hielo que conducía un Hummer como si estuvieran en una carrera.

Arena, pensó con amargura. Eso era todo lo que había. Arena, y su vida en las duras manos de ese hombre. Había notado que sus manos eran duras cuando la había tocado. La piel le seguía temblando al recordar el tacto de esas manos. Le subió un golpe de calor a la cara y se volvió hacia la ventana. ¿Por qué pensar en ello? Era bailarina. Sabía cómo representar un papel. Eso era lo que había hecho entre sus brazos y sin gran esfuerzo.

Tocaba hacer otro papel. Tenía que conseguir que no se deshiciera de ella a base de ser...

–... útil.

Leanna parpadeó.

–¿Qué? –preguntó ella.

–He dicho algo al respecto de hacer algo útil.

–¿Como qué?

«Como encontrar la manera de cubrirte», pensó

Cam. Le temblaban las manos en el volante. Al menos se las había ingeniado para arreglar el sujetador y tener cubiertos los pechos, pero seguían luchando por librase de aquellas dos copas doradas. Las piernas que se estiraban por debajo de la cadena y las cintas doradas. Y luego estaba ese maldito tanga en la parte inferior de su vientre...

—Mira a ver qué encuentras que valga para algo antes de deshacernos del Hummer.

—¿Por qué nos vamos a deshacer de él?

—Porque es un objetivo demasiado fácil.

Leanna abrió una guantera y revolvió dentro.

—Un cuaderno y un boli.

—Seguro que nos viene bien para mandar postales a casa. ¿Algo más?

—Cerillas. Y algo pegajoso que huele muy bien.

—Déjame verlo.

Le tendió una pasta color crema. Cam asintió con la cabeza.

—Halvah. Dulce. Rico en proteínas y rico en grasa. Buen hallazgo. ¿Algo más?

—Esta cajita. Un artilugio electrónico.

Un destello de luz en el retrovisor atrajo la atención de Cam. Lo miró un par de segundos. Luces delanteras pero bastante lejos. Los hombres de Asaad los habían descubierto, pero todavía les quedaba algo de tiempo. La mirada de Salomé siguió a la suya.

—¿Ése es... Asaad?

—No te preocupes. Déjame ver ese artilugio —Cam desvió la mirada del parabrisas un segundo—. Es un GPS. Si funciona bien, podremos saber dónde estamos.

—¿Y después qué?

—Y después podré dar nuestra posición a determinadas personas para que vengan a ayudarnos.

—¿Cómo?

–Tengo un móvil.

–¿Un teléfono móvil? Entonces, por qué no...

–Sí, lo hice, esta mañana, pero no había cobertura.

Volvió a sentarse y cruzó los brazos sobre los pechos. No, no exactamente sobre, más bien debajo, de modo que las copas de oro se levantaban como ofreciendo aquella dorada piel cuyo sabor aún permanecía en su boca.

–Maldita sea –dijo Cam, furioso con ella, consigo mismo, por la estupidez de pensar en el sexo en un momento como ése–. No te quedes sentada, mira en la parte de atrás a ver qué más puedes encontrar. Tienes que ponerte algo de ropa.

–Estoy bien.

–Sí, bueno. Yo no. Por la noche en el desierto hace frío. Vete para atrás y hazte con algo.

Le dedicó una mirada poco amigable, se puso de rodillas en el asiento y miró en la parte de atrás del Hummer. Fue un movimiento desafortunado que puso las nalgas a su alcance. Cam fijó la vista en el parabrisas. Una cadera le rozó el hombro. Un par de cintas doradas le recorrieron el muslo y tuvo una imagen súbita de cómo le cubrirían esas cintas las piernas si la hacía sentarse encima de él. Si seguía así iba a terminar enterrando el Hummer en una duna.

–¡He encontrado algo!

–¿Qué?

–Una mochila. Tiene cosas dentro. Agua. Una camisa. Una camiseta y...

–¿Y qué?

–Y, uh, y nada. Pensé que había algo pero... no. Ya está.

Estaba mintiendo, pero ¿por qué?

–Muy bien. Quédate la camisa y dame la camiseta.

Volvió a pasar por encima del asiento. Sus muslos volvieron a rozarlo. Recordó cómo había metido la mano entre sus piernas, sintiendo el suave calor de su piel...

El Humvee hizo un movimiento brusco.

–¿Has visto algo?

Claro que sí, había visto algo, su incapacidad de ver todo con perspectiva. Pero entendió la causa. La frustración sexual. Salomé era tan buena prometiendo pero no entregando. Lo que necesitaba, pensó fríamente, era terminar. Hubiera tomado a Salomé entre sus brazos, la hubiera tumbado en la arena, arrancado el maldito tanga y montado hasta que los dos estuvieran exhaustos. Después podría concentrarse en salvar su pellejo y, por una coincidencia, el de ella.

–Agarra el volante.

Se inclinó por encima de él, el pelo le rozó las mejillas y su aroma le llegó hasta el fondo de los pulmones. Rápidamente se metió la camiseta por la cabeza.

–Muy bien –dijo con brusquedad–. Puedes volver a tu sitio.

–No me has respondido Cameron. ¿Has visto algo? Porque pienso que...

–Es Cam –dijo cortante–. Hazme el favor, ¿de acuerdo? No pienses. Limítate a ponerte la maldita camisa y tira todo el resto del contenido de la mochila.

Leanna miró a Cameron. A Cam. No volvería a cometer el mismo error.

Se puso la camisa, sintió un pequeño escalofrío y se arrebujó dentro del cálido algodón. Mucho mejor. No sólo estaba más caliente, así no tenía que ver las miradas que le dedicaba, como si fuera alguna reina del porno. Ese hombre, pensó con frialdad, era el más mezquino que había conocido nunca. De acuerdo, podía ser que hubiera complicado algo la situación al hacer que perdiera su pistola, pero sin su ayuda podría estar muerto.

O podían seguir todavía en la cama, ella boca arriba y él... y él...

Leanna agarró con más fuerza la mochila. Sentirla a su lado era puro placer. La última ver que había llevado una mochila tendría doce años y era una scout. Dentro de ella llevaba una cantimplora, una guía de pistas para un rastreo y un sándwich de manteca de cacahuetes.

La mochila que tenía en ese momento contenía halvah, cerillas, un GPS y... Y una pistola. Una automática. Cualquiera que fuera al cine o viera la tele sabría eso. Era todo lo que ella sabía, pero era suficiente. Ya no volvería a estar indefensa.

Miró a Cam. A pesar de que era un canalla sin corazón, tenía que admitir que también era muy guapo y masculino. ¿Y qué? El buen aspecto no cambiaba los hechos. No confiaba en él.

—Los tenemos detrás.

Leanna echó un vistazo hacia atrás y vio una hilera de luces.

—¿No podemos ir más deprisa?

—Llevo el pie en el suelo.

—¿Qué hacemos?

—Necesitamos desviarnos.

—¿Adónde?

—Estoy tratando de ver lo que hay ahí fuera.

—Arena por todas partes —dijo, intentando mostrarse indiferente.

—No consigo ver ningún contorno. Rocas, una colina. Si consigo hacer que esos tipos se alejen de lo que sea, puede que tengamos una oportunidad.

Leanna abrazó más fuerte la mochila. Notó el contorno de la pistola. A lo mejor era el momento de hablarle de ella. A lo mejor debía confiar en él. A lo mejor...

Cam giró el Hummer, un giró violento a la derecha.

—Abre tu puerta.

—¿Que abra mi puerta?

—¿No es eso lo que he dicho?

Lo miró fijamente, después hizo lo que le había ordenado.

—Bien. Ahora, respira hondo y salta.

–¿Saltar?

–Deja de repetir cada cosa que digo. Voy a reducir la velocidad. En cuanto lo haga, salta. Intenta saltar lejos. Rueda. Hazlo bien y no te harás daño.

El corazón se le disparó. Había acertado con él. Era un desalmado. Había decidido salvarse entregándola a ella a Asaad. Leanna sacó la pistola de la mochila. La sintió pesada, pero la apretó con fuerza y lo apuntó con ella.

–Sigue conduciendo.

La miró y respiró dos veces.

–¿De dónde ha salido eso?

–No importa –su voz era temblorosa, lo mismo que su mano–. Te juro que te pegaré un tiro a menos que le pises a fondo y nos saques de aquí.

–Salomé –dijo Cam con voz grave y calmada–, dame esa pistola.

–Voy a contar hasta tres, ¿me has oído? Uno, dos...

–¡Mira!

Era el truco más viejo del mundo, pero funcionó. Leanna se dio la vuelta para comprobar qué pasaba detrás de ella. El Hummer se desvió bruscamente mientras Cam la agarraba de la muñeca con la suficiente fuerza para hacerla gritar. La pistola se le cayó de la mano.

–No –gritó ella–. No, canalla. No puedes hacerme eso...

–Acuérdate de rodar –dijo, y la arrojó a la oscuridad de la noche.

Inmediatamente giró con brusquedad el volante a la izquierda, aumentó la velocidad y miró por el retrovisor. Todas sus esperanzas estaban en mantener a los hombres del sultán detrás de su rastro. Era un truco que había usado antes, pero nunca con una mujer. Lo había hecho lo mejor posible. Reducido la velocidad. Explicado a Salomé cómo manejar la caída. Si ella dejaba que su instinto la guiara, lo haría bien.

Ese momento con la pistola... Sabía que había encontrado algo, pero una pistola. No se lo había ni imaginado. Y encima apuntarlo...

Echó una última mirada por el espejo. Si avanzaba mucho más nunca la encontraría cuando retrocediera. Era una idea tentadora. Dejar que se las apañara ella sola.

Se acercaba a una fuerte pendiente, justo lo que le hacía falta. Aflojó el pie del acelerador, esperó hasta que el Hummer estuvo casi al final de la pendiente, entonces abrió la puerta y saltó. Aterrizó con los hombros y rodó todo lo lejos que pudo antes de levantarse y ponerse en cuclillas. El Hummer bajaba por el otro lado de la cuesta. Se aplastó contra la arena mientras los vehículos perseguidores pasaban a su altura, después hizo un gesto de dolor al ponerse de pie. Le dolía el hombro, pero no parecía grave. Rápidamente se cercioró de que la pistola seguía en su cinturón, después se colocó la mochila sobre los hombros y empezó a moverse. Todo lo que tenía que hacer era seguir las huellas de las ruedas y encontrar a Salomé. ¿Dónde estaba?

–¿Salomé?

Nada, sólo el sonido del viento.

–Salomé, ¿dónde...?

Saltó sobre él desde la oscuridad, rugiendo y arañando como una tigresa. La mochila se cayó al suelo cuando trató de arañarlo en la cara, y le habría golpeado en los genitales con la rodilla si no hubiera sido tan rápido.

–¡Eh! ¡Tranquila! Soy yo.

Todo lo que consiguió fue recibir un puñetazo en plena mandíbula antes de que ella volviera a alejarse. De acuerdo, pensó, se va enterar. Era rápida, pero no tenía ni las más mínimas nociones de lo que era pelear. Hizo una finta a la izquierda, sabiendo que ella lo seguiría; cuando lo hizo, la agarró, la abrazó fuerte y la levantó del suelo.

–Maldita sea, ¿estás loca?

–Eso es, estoy loca –jadeó– por pensar que me ayudarías.

Pensó en decirle que nunca se había ofrecido a ayudarle, pero prevaleció la cordura. No era el momento de la lógica.

–¡Cálmate!

–¿Que me calme? ¿Que me calme? ¡Me has tirado de un coche en marcha!

–Aminoré hasta casi pararme. Si hubieras saltado cuando te lo dije, tendrías un par de huesos rotos.

–¡Querías deshacerte de mí!

–Entonces, ¿por qué he vuelto a buscarte?

–No, tú sólo... Sólo te has tropezado conmigo.

–Eso no te lo crees ni tú.

Leanna se retorció.

–¡Vámonos!

–Estupendo, pero recuerda, si me vuelves a pegar, te...

–¿Me qué? ¿Me atarás? ¿Me llevarás a cuestas? Ya has hecho todo eso, ¿recuerdas? ¿Qué clase de hombre eres?

Cam la dejó en el suelo.

–De la clase que no tiene que aguantar estas tonterías –dijo con brutalidad–. No deberías olvidar eso.

Leanna lo miró fijamente. Incluso con aquellos ridículos tacones era mucho más alto que ella. Ya sabía lo fuerte que era. Acababa de aprender que haría cualquier cosa para salvarse.

Bueno, y a lo mejor para salvarla a ella.

El viento le echó el pelo delante de los ojos. Se lo apartó con una mano temblorosa. ¿De verdad había vuelto a por ella? Era posible. Era mucho más que posible. Todavía lo único que sabía de él era que era un hombre que le habría hecho el amor a una mujer que le pedía que no lo hiciera.

Porque ella había rogado, ¿verdad? Rogado que parara. Claro que sí. Esas cosas que había sentido cuando le había acariciado los pechos, cuando había deslizado la lengua en su boca...

–Tienes una cara que parece un libro abierto, Salomé.

Su voz era sexy y ruda. ¿De verdad sabía lo que estaba pensando?

–En ese caso sabrás que si intentas algún truco más...

–¿Qué? –dijo, cerrando ligeramente los ojos–. ¿Me apuñalarás? ¿Me dispararás? –la agarró de los hombros, haciéndola ponerse de puntillas–. ¿Qué más juguetitos ocultas?

–¿Ocultar? –se miró, con aquella enorme camisa abierta encima del diminuto disfraz, y soltó una carcajada–. Estás bromeando.

–Debería desnudarte para registrarte.

Sintió cómo el rubor le subía a la cara.

–No tengo nada...

–Sí, ya lo has dicho antes –la recorrió lentamente con la mirada, insolente, como desnudándola con la vista–. Voy a cachearte, Salomé. Estate tranquila y quieta y tardaré muy poco.

–¡No! No te dejaré –aguantó la respiración mientras le pasaba las manos por los brazos–. Maldito seas, ¡para ya! Qué te crees que eres.

Metió las manos por debajo de la camisa. Las levantó hasta los pechos. La miró a los ojos mientras los tocaba, pasó suavemente los dedos por la suave curva y por los pezones. Su expresión era de una frialdad indiferente, pero pudo ver un diminuto músculo de su mejilla tensarse. Para su propio horror, Leanna sintió cómo se le endurecían los pezones.

–No –dijo, tratando de agarrarlo de las muñecas–. No tienes derecho a...

Sus manos siguieron por el vientre.

Un súbito golpe de calor estalló entre sus muslos.

–¡Para! Yo no –dijo con voz vibrante–, no tengo armas escondidas.

Cam no se lo creyó, y deslizó la mano entre sus muslos y tocó su sexo.

Leanna sintió ponerse rígido todo su cuerpo. También él lo estaba. Podía sentir cómo el calor de ella le quemaba la palma de la mano. ¿Podía una mujer fingir algo así? ¿Podía temblar al ser tocada por un hombre si no quería? ¿Podía su cuerpo arder de deseo si no estaba deseando que la poseyeran? Esa mujer seguro que podía. No podía olvidarlo.

—Registrada —dijo con una voz mucho más fría que su sangre.

—Vuelve a registrarme —dijo en voz baja— y si puedo te mataré.

—Vuelve a ocultarme algo importante otra vez y no te dará tiempo ni a intentarlo —agarró la mochila y se la echó al hombro—. Mis posibilidades aumentarían considerablemente si no te llevara colgada del cuello. ¿He sido bastante claro?

—Totalmente —dijo Leanna con rencor y pasó por delante de él.

Fue una patética muestra de orgullo que debería haber sabido que él no permitiría. No había dado dos pasos cuando la agarró del brazo.

—Los zapatos.

Se miró a los pies. Nadie en su sano juicio hubiera elegido unas sandalias de tacón de aguja para andar por el desierto, pero tampoco ninguna mujer en su sano juicio hubiera elegido a ese hombre como guía.

—¿Qué pasa con ellos?

—Quítatelos.

—Dame una buena razón...

Un tirón de la muñeca y estaba sentada en el suelo. Cam se arrodilló, le quitó las sandalias, arrancó los tacones y se las devolvió.

—Póntelos y sígueme. Cada minuto que tengo que dedicar a discutir contigo es un minuto perdido.

El «gracias» que tuvo en la punta de la lengua murió antes de pronunciarse.

Apretó los dientes y fue tras él.

La zancada de Cam era larga y no iba a reducirla por la indeseada compañía. Era una carga que no había buscado, pero que estaba bajo su responsabilidad. Era parte del código bajo el que había vivido la mayor parte de su vida, pero no había ninguna razón para decírselo a ella. Dejaría que se preocupara por si la abandonaba. A lo mejor así dejaba de discutirlo todo.

Para su sorpresa ella aguantaba andando a buen paso mucho tiempo. Bueno, ¿por qué no? Estaba en forma. En una forma impresionante. Su cuerpo era de lo que comía. Buena forma o no, andar sobre arena era duro. Inevitablemente empezó a quedarse retrasada. No podían permitirse parar, pero tampoco podía permitirse que ella se derrumbara. No, si querían alcanzar antes del amanecer lo que empezaba a parecer una colina. Hizo una parada, se quitó la mochila y rebuscó dentro de ella. Acababa de encontrar la botella de agua cuando lo alcanzó Salomé.

Cam la agarró para sostenerla. Respiraba acelerada y tenía las mejillas demasiado rojas. Estaba temblando. Daba lo mismo que fuera por el cansancio o por el frío de la noche, era una mala señal. Podía recuperarse si se tumbaba un rato, pero la arena estaba fría. La única solución era rodearla con los brazos y apretarla contra su cuerpo. Cuando protestó, se burló de ella haciendo un ruido con la lengua.

—Deja de hacer el idiota —gruñó—, relájate y recupera el aliento.

No fue exactamente que se derritiera en el abrazo, pero después de unos segundos, los escalofríos pararon.

–Eso es. Déjame darte calor.

Ella asintió, y algunos mechones de su cabello volaron hasta los labios de él. Cam apretó un poco más los brazos alrededor de ella. Había conocido toda clase de mujeres en su vida. No era tonto: sabía que una mujer bonita también podía ser fuerte, pero no lo había esperado de ésta. Tenía un aspecto delicado, pero se había mantenido firme desde el momento en que lo había amenazado con una ridícula lima de uñas. Nada de lágrimas. Nada de quejas. Nada de pedir favores porque fuera una mujer.

Cam cerró los ojos. Sí, era muy femenina. Incluso olía bien, un milagro porque dudaba que nadie pudiera afirmar algo así sobre él. Pero Salomé... Salomé olía a flores. Vainilla. A mujer.

El ritmo del corazón de Leanna fue bajando mientras Cam le pasaba las manos arriba y abajo por la espalda.

–Apostaría a que serías capaz de beberte un vaso grande de zumo de naranja.

–Eso es, tortúrame –dijo con un suspiro que pareció más un gruñido.

–Y un filete –mantuvo un brazo alrededor de ella mientras alcanzaba la mochila–. ¿Cómo lo quieres? ¿Poco hecho? ¿Pasado?

–Poco hecho –dijo con un pequeño suspiro–. Pero a la brasa.

–¿Por qué, señora? –dijo, arrastrando las vocales–. Debe de ser de Texas, justo como yo.

Miró hacia arriba.

–¿De verdad eres de Texas?

–Ajá, de Dallas.

–Ah, por eso llevas esas botas.

–Quieres decir que por eso las llevaba –dijo seco–. Pero tienes razón. Nadie de Texas que se respete a sí mismo sale sin sus botas.

Ella sonrió. Cam tuvo ganas de aplaudir, pero era ridículo. ¿Qué más le daba que sonriera o no? Sólo significaba que se olvidaba de los problemas un momento.

—Bebe algo de agua. Más —añadió cuando intentó devolverle la botella—. Ahora a por el filete.

Le tendió el trozo de halvah. Dio un mordisco pequeño. Se le quedó un poco pegado al labio superior y se lo quitó con la punta de la lengua, después cerró los ojos como si el sabor dulce floreciera en su lengua. Hizo un pequeño murmullo de placer que recordó a Cam el que había escuchado cuando se había metido sus pezones en la boca. Aquella golosina estaba dulce, pero ella sabía mucho más dulce.

Dio un sorbo de agua, tapó la botella y la metió en el macuto junto al halvah sobrante.

—Muy bien —dijo con energía—. Hora de irse.

—No has bebido casi agua ni has comido nada.

—Estoy bien.

Leanna lo miró fijamente. Le estaba diciendo la verdad. Ella había tiritado de frío y agotamiento, tenía los músculos quemados y los pies, a pesar de lo que le había hecho a las sandalias, parecía como si los hubieran lijado. Él no tenía nada en los pies. Su camiseta era prácticamente nada. Había hecho una marcha matadora y parecía como si se hubiera dado un paseíto. A lo mejor todos esos impresionantes músculos eran de verdad.

—Tú... —se aclaró la garganta—, ¿tú haces cosas de éstas a menudo?

Lo preguntó tan seria, que no tuvo valor para echarse a reír.

—Bueno, veamos. La última vez que huí de un lunático y crucé el desierto con una preciosa chica fue, oh, hace dos, dos o tres semanas. Así que sí, con bastante frecuencia.

—No quería decir... —vio la risa en sus ojos. ¡Qué más daba!, pensó, y se rió con él.

Era la primera vez que la oía reírse y se sorprendió. Una mujer que había recorrido medio mundo para meterse en la cama de un sultán no podía tener una risa tan deliciosa e inocente.

—Estaba hablando de esto. Ya sabes. Caminar por un terreno difícil sin siquiera jadear. Parece como un hábito para ti.

Recordó sus años en las Fuerzas Especiales, después los de la Agencia. Nada de lo que había hecho esos años había sido un hábito. Un hombre tenía que aprender a hacer todo tipo de cosas.

—Fui soldado mucho tiempo.

—¿En esta parte del mundo?

—Entre otras —Cam frunció el ceño. Estaba tiritando otra vez—. Todavía tienes frío. Ven —la agarró de las solapas de la camisa y la acercó a él—. Abróchate los botones. Te ayudaré.

—Puedo —dijo, pero los dedos de él ya estaban en los ojales, rozando ligeramente los pechos.

Respiró entrecortada. Cam vio cómo se ruborizaba y sintió cómo su sangre en respuesta se dirigía a su bajo vientre. «Ahora», pensó, «justo ahora». Podía tumbarla en la arena, quitarle el tanga y enterrarse dentro de ella...

Salomé dio un paso atrás.

—Estoy bien —dijo rápidamente—. Lo que necesito es empezar a moverme otra vez.

El silencio se instaló entre ellos. Cam sintió un músculo que se tensaba en su mandíbula.

—¿Por qué? —dijo con voz ronca.

—Bueno, a causa de la energía...

—¿Por qué te vendiste a Asaad?

Leanna protestó como si la hubiera golpeado.

—No es una pregunta fácil. ¿Por qué me lo preguntas?

¿Por qué dolía tanto saber que pensaba de ella lo peor?

—¿Necesitabas dinero desesperadamente?

–¿Quieres decir que si estaba muriéndose mi abuela de alguna enfermedad que nadie conocía? ¿O que mi madre estaba a punto de perder la casa de la familia por culpa de un villano con bigote? –le brillaron los ojos–. Lo siento. Estoy a punto de deshacerme en lágrimas.

–Madre mía –dijo en tono duro–. ¿Qué clase de mujer eres?

–La clase que debería haber pensado que no eras mejor que tu amigo el sultán.

Leanna dio un grito ahogado cuando Cam tiró de ella.

–Tienes razón, no soy diferente. Una mujer como tú, si me tienta, sabe que tendrá lo que busca.

Cam la besó en la boca, ella trató de darse la vuelta, pero él no cedió, primero agarrando su cara con las dos manos y después bajándolas por la espalda de modo que la mantenía sujeta. Ella intentó resistirse, y de pronto lanzó un gritito salvaje, lo abrazó y abrió la boca para él. Sin piedad, Cam se sumergió en aquella dulzura, cambiando el ángulo del beso, profundizándolo más mientras las últimas estrellas de una noche que se acababa rápidamente, brillaban sobre sus cabezas. Fue él quien terminó el beso, agarrándola de las muñecas para retirarle las manos de su cuello y llevárselas hasta la boca para morder ligeramente la suave piel de las palmas. Después tomó una de las manos de ella y la llevó hasta su sexo erecto.

–Lo que pasó en esa cama no ha terminado, Salomé. Los dos lo sabemos.

La miró otra vez. La suavidad de su boca. El dulce subir y bajar de sus pechos. Después se apartó de ella, agarró la mochila y echó a andar.

Capítulo 6

ALCANZARON el pie de la colina justo cuando
amanecía.

—Es real —dijo Leanna, girándose hacia Cam
con los ojos brillantes—. La montaña es real.

Cam sonrió.

—No lo llamaría montaña, pero sí, es tan real como
la lluvia.

Y claro que lo era. Hacía un momento se había
preguntado si ambos estarían viendo el mismo milagro. Pero parecía que allí todo era posible.

Pero la colina, la montaña, ese montón de rocas y
árboles enanos, estaba justo delante de ellos, y era lo
más parecido que había a una salvación.

—¿Serás capaz de subir?

Salomé asintió con la cabeza. Podía verse el agotamiento en su rostro, pero sonreía. Un mechón dorado
le cayó sobre la frente y, sin pensarlo, Cam se lo apartó y lo colocó detrás de la oreja.

Era impresionante, su Salomé y... ¿Su Salomé? La
sonrisa de Cam se convirtió en una mirada furiosa.
Desvió la mirada hacia la colina, el sol, la arena... Los
pies de Leanna, donde encontró la distracción adecuada.

—Maldición, tus zapatos están hechos pedazos.

Leanna miró en la misma dirección. Claro que lo
estaban. ¿Por qué se sorprendía tanto?

—No puedes trepar por esas rocas así.

Sin decir nada miró de forma evidente a los pies descalzos de él.

—Eso es diferente —cortó Cam.

—¿Qué tiene de diferente?

El entrenamiento de Cam en las Fuerzas Especiales había incluido caminar descalzo por terrenos más duros que ése, pero no se detuvo a explicárselo.

—Es distinto porque lo digo yo.

—¿Has pasado alguna vez horas ensayando una rutina de danza?

—¿Qué?

—Baile. ¿Sabes algo sobre eso?

—No, ¿y tú?

Su tono era duro y cortante. Lo mismo que su mirada. Unos minutos antes había pensado que sólo un hombre como Cameron Knight podía haberlos llevado tan lejos.

¿Cómo podía haber sido tan estúpida de creer algo así?

—Sí —respondió con frialdad—, y si supieras algo sobre mi profesión...

—Confía en mí, Salomé. Sé mucho sobre tu profesión.

La mano de Leanna cruzó el aire, pero él la agarró justo antes de que le alcanzara la mandíbula.

—No —dijo, contenido—. No, a menos que estés preparada para las consecuencias.

—Me gustaría no haberte conocido jamás.

—De acuerdo —dijo con una parodia de sonrisa—. Salvo que si no fuera así, según me habéis contado Asaad y tú, en este momento estarías de camino a tu ejecución.

—Si de verdad te has creído eso, es que eres un imbécil —dijo con voz temblorosa—. Estaría en la cama del sultán.

—Me alegro de que lo admitas.

–¿Por qué iba a negarlo? Eso era para lo que me quería Asaad.

–Por fin la verdad –dijo, torciendo el gesto.

–¿Qué sabrá de la verdad un hombre como tú?

Cam la miró fijamente a los ojos, debatiéndose entre el deseo de decirle que tenía razón, que no sabía nada sobre la verdad y el deseo de tomarla entre sus brazos y besarla. ¿Qué le estaba haciendo esa bruja? Salomé no era una mujer a la que pudiera mostrarle su alma.

–Ya está bien de charla –gruñó–. ¿Quieres subir a esa pila de rocas? Entonces tendrás que llevar algo en los pies mejor que lo que llevas ahora –la miró, y sus ojos se detuvieron a la altura de los pechos–. Quítate el sujetador.

Lo miró como si se hubiera vuelto loco.

–Ni en sueños.

Cam la agarró de la camisa y la atrajo hacia él.

–Quítatelo –dijo en voz baja–, o...

Se miraron a los ojos un largo minuto. Después Leanna se soltó.

–Tus deseos son órdenes –dijo entre dientes.

Sin apartar los ojos de él, hizo el truco que conocía cualquier chica que hubiera tenido que desnudarse en una casa compartida con tres hermanos: buscar por debajo de la camisa, soltar el sujetador, quitarse los tirantes y sacar el sujetador por una de las mangas.

La mirada de Cam no tenía precio.

–¿Qué demonios has hecho?

–Quitarme el sujetador –dijo, alzando una ceja y tendiéndoselo–. ¿Decepcionado?

No. Sin sujetador podía ver los pezones bajo la camisa, esperando que los acariciara.

La tensión que sentía en los genitales lo ponía furioso.

–Siéntate –gritó, pero no se movió tan deprisa como quería–. Maldita sea, cuando te diga algo...

Se acuclilló, la agarró de un tobillo y tiró de él. Leanna cayó sentada.

—Eres odioso.

—Levanta el pie. Hazlo o tendrás que subir descalza la montaña.

—Creía que no se podía llamar eso montaña.

—Da igual lo que haya dicho. Dame unas cintas.

—¿Qué cintas?

Cam murmuró cualquier cosa y agarró un puñado de las cintas doradas que colgaban del tanga. Tomó una piedra con algo de filo del suelo y la empleó para cortarlas. Después cortó el sujetador, metió los pies en las copas y las ató con las cintas.

—Oh —dijo ella en voz baja.

La miró, y dijo:

—Disculpas aceptadas.

—No me he... —tragó—. De acuerdo, lo siento.

Cam asintió en silencio, después se puso de pie.

—Muy bien. Vamos, quiero estar del otro lado antes de que el sol esté más alto.

Los zapatos improvisados aguantaron, pero lo realmente sorprendente fue lo que encontraron cuando llegaron a la cima de la montaña. A sus pies se extendía un mar de hierba y flores... y más allá, las brillantes paredes de un palacio de alabastro que se dibujaba contra el cielo azul.

Era sorprendente lo rápido que habían bajado en comparación con lo que habían tardado en subir. En un momento estaban metidos hasta por encima de los tobillos entre la hierba, escuchando los pájaros y sintiendo la suave caricia de la brisa con olor a flores. Era como pasar de un plano de existencia a otro, pero algo hizo a Leanna estremecerse.

—¿Qué va mal?

–Nada –dijo ella casi sin respiración–. Algo que... no sé, yo sólo estoy...

–¿Intranquila?

–Sí.

La agarró de la mano. Sin dudarlo, le dejó entrelazar los dedos con los suyos.

–Eso está bien –dijo sin rodeos–. No es momento de bajar la guardia.

–Me pregunto de quién será un sitio como éste... y si los hombres de Asaad no estarán allí esperándonos.

–Sí, yo también.

–¿Cómo hacemos para conocer la respuesta?

Cam se acercó a ella.

–Ése es mi trabajo. Quédate aquí un momento mientras...

–No. Y antes de que digas que me calle y que haga lo que dices, recuerda que yo he sido la que te ha metido en este lío.

–Te diré un secreto –dijo con una sonrisita–. No pensaba quedarme mucho más tiempo a disfrutar de la hospitalidad de Asaad.

–Si yo no hubiera precipitado las cosas, habrías tenido tiempo de pensar un plan decente.

–A lo mejor –la soltó de la mano y la acarició en la cara–, pero no hubiera tenido una compañera de viaje tan interesante –acarició su boca con el pulgar–. Confía en mí, nena. Es mejor que te quedes aquí. Echaré un vistazo y volveré a por ti.

–Ni hablar.

Pensó en decirle que no iba negociar con ella, pero el gesto de testarudez que vio en ella hizo que desistiera. Discutir sería sólo perder el tiempo. Además, hasta ese momento, ella había estado más segura junto a él.

–De acuerdo. Ven conmigo. Quédate cerca y...

–¿Y?

–Y –dijo con aspereza–. Dame un beso de buena suerte.

Lo miró a los ojos. Eran de un verde brillante. ¿Qué podía tener de malo un beso?

Cam dejó que ella uniera castamente los labios a los suyos. Después la agarró más fuerte y tomó su boca de modo que pudiera saborearla. Ella le pasó los brazos por el cuello y abrió los labios.

La abrazó un largo rato. Cuando finalmente la soltó, su rostro estaba rojo, y lo que vio en sus ojos hizo que quisiera volverla a besar. En lugar de eso, dio un palmada, y dijo:

–¿Preparada?

Ella asintió con la cabeza y echaron a andar en dirección al palacio.

–Es precioso –susurró Leanna–, pero me sigo preguntando quién vivirá aquí. El hada... o la malvada bruja.

Era una buena pregunta. Lo único que esperaba Cam era que la respuesta fuera la que necesitaban.

Las puertas del jardín del palacio se abrieron sólo con empujarlas. Un camino empedrado llevaba hasta el pie de unas escaleras de mármol que conducían a unas enormes puertas de bronce.

–¿Cam? –susurró Leanna–. ¿Dónde está la gente?

Las puertas se abrieron lentamente.

–Ponte detrás de mí –dijo Cam con sequedad.

Pero la persona que apareció estaba muy lejos de dar miedo. Era una mujer, delgada y de pelo plateado, vestida con una túnica blanca. Hizo una reverencia, después levantó los dedos y se los llevó a la frente.

–Bienvenido, mi señor.

Su voz era suave, su inglés claro y con muy poco acento. Cam agarró a Leanna de la mano y tiró de ella.

–¿Dónde estamos?

–Han llegado al Palacio de la Luna, mi señor –la

mujer sonrió a Leanna–. Y mi señora. Bienvenida. Habrán tenido un largo viaje.

–Gracias –la voz de Leanna era fuerte, pero su mano temblaba en la de Cam.

Cam le pasó el brazo por los hombros.

–Me llamo Shalla.

–Shalla –dijo Cam con amabilidad–. Parece que nos estaba esperando.

La mujer dejó escapar una risa tintineante.

–Discúlpeme, señor. Debería haberme dado cuenta de que ustedes tendrían algunas preguntas que hacerme. Sí, los esperábamos. Nuestros vigías de las torres los vieron aproximarse. Además, siempre estamos preparados para recibir viajeros exhaustos. Somos un lugar sagrado, un santuario entre las peligrosas tierras del desierto occidental y el mundo exterior.

Era una buena historia, a lo mejor incluso era verdad. Cam sabía que los mitos y leyendas de la antigüedad estaban muchas veces basados en la realidad.

–Nadie puede venir aquí a hacer el mal, señor, a menos que esa persona quiera atraer sobre ella la venganza de los dioses.

–Nos encanta escuchar eso.

Shalla señaló la puerta abierta.

–Por favor, pasen, les enseñaré el resto de las habitaciones. Podrán bañarse y descansar mientras se prepara su cena.

Cam escuchó el suspiro de Salomé. Era el más dulce de los sonidos, pero en él había un mundo de anhelo. No podía pedirle que se marcharan sin comer y descansar. Podían quedarse allí el tiempo necesario para que ella recobrara las fuerzas y él tratara de contactar con el mundo exterior. Asintió, y siguieron a Shalla al interior del Palacio de la Luna. Subieron media docena de escalones, y Salomé se detuvo y miró con admiración.

—Guau —dijo en voz baja.

Tenía razón. Guau era el término que describía aquello. La única vez que Cam había estado en una habitación tan enorme había sido con doce años, cuando había ido de excursión a un museo.

El suelo era de mármol negro que brillaba por la luz que le entraba a través de una cúpula de más de cuatro metros de alto. Arcos de herradura conducían al vasto interior. Una escalera en curva subía hacia el piso superior. El palacio era espectacular, una fantasía de colores y texturas, algo como de *Las mil y una noches*.

Era el lugar que un hombre le compraría a una mujer para pasar con ella noches y días de placer. Miró a Salomé. Incluso así, con el rostro sucio, la ropa hecha jirones, el agotamiento en los ojos, era tan bella como un sueño. ¿Cuántos hombres más la habrían mirado y pensado lo mismo?

¿Y por qué demonios tenía que importarle eso? No le importaba un comino con quién había estado o a quién se había vendido.

Necesitaban descansar. Comer. Y más que nada necesitaban un plan para volver a la civilización...

¿De quién se estaba riendo? Lo que más necesitaba era a Salomé, moviéndose debajo de él en la cama. Las piernas alrededor de su cintura...

—Mi señor, si quieren seguirme.

—Sí, sí, por supuesto.

Aquello tenía que parar, pensó mientras seguía a Shalla escaleras arriba. Salomé lo estaba volviendo loco y no le gustaba. Estar distraído era lo último que le hacía falta a un hombre en una situación como ésa. Sólo había un modo de resolver el problema. Y cuanto antes, mejor.

Capítulo 7

SHALLA los condujo hasta una suite.

Después de dos días en una celda y una noche a través del desierto, a Leanna ya le hubiera parecido un paraíso cuatro paredes limpias y una ventana, pero aquello parecía el sitio ganador de un concurso de escondites románticos.

—Oh —dijo sin aliento.

Cam la tomó de la mano mientras recorrían las habitaciones.

—Me has quitado la palabra de la boca, cariño.

¿Cariño? Lo miró como si se hubiera vuelto loco. Él sonrió, se llevó su mano a la boca y la besó. La sala era elegante, brillante, con jarrones de cristal llenos de flores. El centro del dormitorio era una enorme cama cubierta de seda crema y carmesí. Incluso el cuarto de baño era espectacular, con paredes pintadas al fresco, suelo de mármol blanco, grifos de cisnes dorados... y una bañera de mármol negro del tamaño de un lago.

—Espero que sea de su agrado, señor.

Cam asintió como si hubiera esperado semejante lujo en el último extremo de ningún sitio.

—Está bien, gracias.

Leanna carraspeó.

—En realidad... me estaba preguntando si habría un segundo dormitorio en algún sitio...

Cam apretó los dedos alrededor de la mano de ella.

–Está bien así, mi amor. Supongo que Shalla ya está al corriente de nuestro secreto.

–Nuestro... –dijo Leanna, parpadeando.

–Seguro que no somos los primeros amantes que se fugan y encuentran cobijo aquí, ¿verdad, Shalla?

La mujer del pelo plateado sonrió.

–Tiene usted razón, señor, y estamos encantados con su presencia. Arreglaré todo para que les traigan comida y ropa.

–La señora y yo estamos abrumados pos su generosidad, ¿verdad, cariño?

Sólo una loca no habría estado de acuerdo.

–Abrumados –repitió Leanna.

La sonrisa de Cam desapareció de su rostro en cuanto se cerró la puerta.

–Al fin solos –dijo lleno de placer, pero con los ojos aún en alerta.

–¿Amantes? ¿Amantes en fuga? Estás lo...

La abrazó y la besó.

–Ni una palabra más –susurró–, hasta que revise todo.

–Quieres decir, estás pensando que... –se mordió el labio–. Oh.

–Sí –dijo con una sonrisa glacial–. Oh.

Lo siguió de habitación en habitación, mirándolo mientras examinaba los muebles, las lámparas, incluso las molduras.

–Nada de bichos, nada de cámaras. Estamos bien.

–Crees que Shalla miente cuando dice que esto es un santuario.

–Creo que somos unos estúpidos si damos las cosas por sentadas.

–Tienes razón. Debería haber pensado... ¿Qué haces?

–Desnudándome. Quiero bañarme.

–Bueno, sí, yo también, pero...

–Pero –dijo tranquilamente– quieres ir primero –le dedicó una sonrisa–. Ningún problema, Salomé. La bañera es lo bastante grande para los dos.

–No voy a bañarme con... –se quedó sin respiración al ver que seguía quitándose la ropa–. ¿Por qué haces eso?

–¿Hacer qué? –hablaba con calma, pero se notaba tensión en su voz.

–Desnudarte como si yo no estuviera aquí, no es... no es muy educado.

–Dame un respiro, nena. Te he tenido debajo de mí, te he metido la mano entre las piernas. ¿Piensas que voy a creerme que ver cómo me desnudo es demasiado para una dama como tú?

–¡Eres repugnante!

Tenía razón. Se estaba extralimitando ofendiéndola, y maldita sea si sabía por qué lo estaba haciendo... A no ser que estuviera molesto por su actuación, por el modo en que pretendía hacerse la inocente cuando le convenía y después desmelenarse entre sus brazos cuando parecía mejor opción. Había sólo un modo de hacer desaparecer esa tensión que había entre los dos, y desde luego no iba a detenerse a hablarlo con ella.

–Venga –dijo mientras tiraba al suelo la camiseta–. Desabróchate la camisa y... –levantó las cejas al ver que ella estaba mirando su brazo–. Es un tatuaje, un águila. ¿No lo habías visto antes?

Lo miró a los ojos, y dijo:

–No.

–Mira más cerca. No muerde –esbozó una sonrisa sexy–. Podría, pero si lo hiciera, te gustaría.

Se acercó a ella flexionando deliberadamente el brazo de modo que ella pudiera ver el tatuaje y apreciar el bíceps con todo detalle. El águila, con las alas abiertas y las garras extendidas, le quedaba perfecta.

–Bueno –dijo en tono áspero–. ¿Qué te parece?

Leanna apartó la vista de él y luego volvió a mirar el tatuaje. El águila era bonita, un depredador eficaz. Al mirarla se imaginó cómo se sentirían sus presas al verla caer desde el cielo. Supo con certeza que lo que iba a continuación era inevitable.

—Salomé.

Levantó la cabeza. Cam dio un paso adelante, enterró los dedos de una mano en el pelo dorado, le sujetó la cabeza y la besó.

—No —susurró, pero al mismo tiempo se apretaba contra él, pasándole los brazos por detrás del cuello y separando los labios para que pudiera deslizar la lengua dentro de su boca.

—Así —dijo él, atrayéndola más y apretándose contra ella de modo que pudiera notar cuánto la deseaba—. Así.

Leanna echó la cabeza para atrás, y él descendió besándola por la garganta, mordiendo suavemente la suave piel y luego volviéndola a besar. Bajó las manos por sus brazos y después la abrazó con fiereza.

—Dilo —susurró—. Dímelo, Salomé. Dime que era esto lo que estabas deseando.

Leanna temblaba. Tenía razón. Lo deseaba. Lo anhelaba desde la primera caricia. Era su caballero, y ella era... Era su Salomé. Era la mujer que él deseaba. Una seductora que vivía de los placeres de la carne, que podía acostarse con él y no mirar atrás.

¿Quería ella que un hombre así se llevara su virginidad?

—No, Cam —se retorció contra él, pero él no paró. Sus manos por debajo de la camisa, acariciando sus nalgas— . Para —dijo con voz cortante—. No quiero hacer esto.

Al principio pensó que no le había oído o que no había querido oírla. Después de lo que le pareció una eternidad, bajó los brazos.

–Juegas a un juego peligroso, Salomé.

Su mirada era tan fría y dura como el vidrio. Por primera vez desde que la había tirado desde el Hummer, Leanna sintió una serpiente de temor en su vientre, pero sabía que era mejor no demostrarlo. Si no era lo bastante fuerte para hacer frente al ataque de un águila, tenía que tener el valor suficiente para asumirlo.

–He cometido un error.

–Ya lo creo.

–Me he dado cuenta de que... de que no quiero hacer esto. Quiero...

Gritó cuando la agarró de las muñecas y se la llevó tras él.

–Sé exactamente lo que quieres –rugió–. Que me suba por las paredes porque me has calentado tanto, que mi cerebro se ha hecho papilla.

–¡Te equivocas! Y me haces daño –trató de soltarse desesperadamente–. ¡Suéltame! Si no me sueltas...

–¿Qué? ¿Gritarás? –rió a carcajadas–. No importa lo que Shalla escuche proveniente de esta habitación, no hará nada. No ha cambiado nada en esta parte del mundo en miles de años, Salomé. Aquí no han oído hablar de los derechos de las mujeres –su sonrisa se ensombreció, y acercó la cara al rostro de ella hasta que los separaban unos pocos centímetros–. Yo tengo el mando. Tú eres desechable. ¿Lo entiendes?

El rostro de Salomé se había quedado sin color. Estaba tratando de mantenerse de pie por todos los medios, pero estaba temblando como una hoja.

Demonios, pensó, y se apartó de ella dejando caer las manos con un gesto exagerado, como si se hubiera dado cuenta de que estaba tocando algo que nuca debería haber tocado.

–Estoy harto de esto, Salomé. Báñate, haz lo que te dé la gana. Pero cuídate de mantenerte lejos de mí, porque si vuelves a jugar conmigo, te prometo que entonces ganaré.

Un sollozo le estalló en la garganta mientras pasaba volando al lado de él.

Cam casi se echó a reír. Cualquiera que hubiera visto aquella escena pensaría que era una virgen huyendo para salvar su vida y que él, sin ninguna duda, era el villano.

La puerta del baño se cerró de un portazo. El pestillo sonó como el cargador de un rifle. ¿A quién le importaba? Era un gesto sin sentido. ¿De verdad se creía que un cerrojo podía protegerla si cambiaba de idea?

Cam cruzó los brazos y miró la puerta. ¿Cómo era que no se oía el sonido del agua en la bañera? Porque, pensó con desagrado, seguramente estaba apoyada en la pared partiéndose de risa después de su último número. Se apartó de la puerta del baño y recorrió la habitación como un tigre enjaulado. Seguía sin oírse el agua. Ella estaba ahí dentro, riéndose por su última victoria, y él estaba ahí fuera, gastando la alfombra.

Debía de estar cansada de disfrutar a sus expensas. Había abierto el agua y se estaría quitando la ropa. La camisa, después el tanga. Se recogería el pelo que colgaría en doradas ondas encima de sus pechos. De pronto la habitación parecía sin aire.

Si creía al sultán, había salvado su bonito cuello del hacha. La había sacado de Baslaam. ¿Y así le daba las gracias?

Provocándolo hasta tenerlo tan desesperado como a un adolescente con una mano en la entrepierna de su compañera y la otra en su...

Cam rugió de ira y lanzó el hombro contra la puerta. Una vez, dos.

La madera cedió e irrumpió en el cuarto de baño. Leanna se lanzó sobre él como un gato salvaje. Cam la esquivó. Agachó la cabeza y lanzó un grito apagado cuando el codo de ella le golpeó en el estómago. Era rápida y fuerte, y a lo mejor podría haberse enfrentado a otro hombre... Pero no a él.

Estaba loco de ira, de frustración, de necesidad. En algún rincón oscuro de su mente supo que había cruzado la delgada línea entre la civilización y las cavernas, pero no le importó.

Nada podía detenerlo, finalizaría lo que había empezado.

−¡Te mataré! −dijo ella, jadeando−. Hazme algo y te...

Agarró sus muñecas con una mano y las levantó por encima de su cabeza, utilizando su propio cuerpo para sujetarla contra la pared. Enterró una mano en su pelo, agarró un buen mechón con el puño y la besó sin piedad, mordisqueándola, metiendo la lengua entre sus labios cuando abría la boca para respirar. Ella se resistía con fuerza, le clavó los dientes en un labio haciéndole sangrar, pero no le importó. Esa noche, por fin, iba a tener lo que ella le había prometido.

Gritó mientras él metía la rodilla entre sus muslos, levantándola del suelo de modo que la imponente cresta que señalaba su erección, presionara contra el corazón de su feminidad.

−¿Te acuerdas de lo que te pregunté la primera vez? Te lo vuelvo a preguntar. ¿Cómo quieres que sea? Puedo hacerlo bueno para ti o puedo poseerte rápido, subirme la cremallera y largarme.

Un escalofrío recorrió toda la longitud de su cuerpo.

−Oh, Cameron... Cameron...

Había algo en la forma de pronunciar su nombre que no había oído nunca en la voz de una mujer. Algo que decía que su temor ocultaba otro sentimiento, uno contra el que no estaba preparada. Incluso a pesar de ser presa de la furia, pudo escucharlo.

–Salomé –susurró... y ella tembló y levantó su rostro hacia él.

–Cam –dijo de nuevo, y se acercó más a ella y la besó.

La besó con una mezcla de hambre y ternura. Volvió a decir su nombre, después la tomó entre sus brazos y la llevó a la cama. La dejó sobre las almohadas. En sus ojos había lágrimas, pero en esa ocasión brillaban como estrellas. Su boca estaba roja e hinchada por sus besos.

Cam le había mentido. Nunca la habría hecho suya a la fuerza. Deseaba aquello, necesitaba escucharla pidiéndole que la poseyera. Quemándose por él como él ardía por ella.

–Dime –dijo como había hecho antes... Excepto que esa vez ya conocía la respuesta.

–Cameron –dijo, dibujando una sonrisa en sus labios–. Por favor, hazme el amor.

Se echó a su lado y buscó los botones de la camisa. Desabrochó uno. Después otro, pero tenía los dedos torpes y rugió de frustración, agarró los extremos del tejido de algodón, dio un tirón y la abrió, haciendo aparecer los pechos desnudos.

–Eres preciosa –dijo, inclinándose sobre ella y besando su dorada piel, lamiendo uno de los pezones de melocotón y después introduciéndolo en su boca.

Ella dio un pequeño grito y se arqueó hacia él.

–Tan hermosa –dijo, y deslizó una de sus manos dentro del tanga.

Estaba caliente. Húmeda. Para él, sólo para él. Ella gimió, pronunciando su nombre cuando él encontró su hinchado capullo entre los dulces pliegues y lo acarició.

Los ojos de Leanna se oscurecieron por el placer, y él se encontraba cercano a perder el control.

«Afloja un poco», se dijo, pero su cuerpo actuaba ya por su cuenta. No podía esperar.

Lo haría rápido la primera vez, sólo desabrocharse los vaqueros, entrar en ella, llevarla a la cima y llegar con ella hasta el sol. Después le haría el amor despacio, descubriría todo lo que la excitaba, le miraría a la cara mientras llegaba al orgasmo y después se vaciaría dentro de ella...

De pronto, su cabeza volvió a la realidad mientras una terrible verdad se materializaba.

No tenía preservativos.

–¿Cam? Cam, ¿qué pasa?

La miró a los ojos, lagos azules a la luz de la tarde. Y se planteó cómo sería entrar en ella sin protección. Deslizarse dentro de todo ese calor. Montarla bocarriba. Sólo el pensarlo lo llevó peligrosamente cerca del límite. Con cuidado, ignorando los gemidos de ella, se apartó.

–No podemos hacerlo –dijo bruscamente.

–Pero creía que... que los dos queríamos...

Se inclinó y la besó con fuerza.

–Sí, corazón, pero no tengo preservativos.

–Ah, preser... –se ruborizó–. Oh.

–Sí –durante un segundo se sintió como si volviera a tener diecisiete años, un muchacho en continua erección y siempre con una goma en la cartera.

–Pero tú no... –dudó. Se le notaba en la garganta que le costaba tragar, como si lo íntimo de la conversación la avergonzara–, no lo necesitas. Es... es seguro.

¿Seguro? De ninguna manera.

–Tomo la píldora, Cam. Porque... porque tengo el ciclo irregular. Le ocurre a algunas bailarinas –Cam sintió que se le hacía un nudo en el estómago. ¿Por qué una conversión tan enrevesada cuando los dos sabían por qué tomaba la píldora?–. Es por culpa del ejercicio.

Oh, sí. Seguramente hacía un montón de ejercicio.

–No es una de esas píldoras que tienes que tomarlas todos los días, así que...

–Eso está bien –dijo con frialdad, dando la bienvenida a su rabia que era más segura que lo que sentía un par de minutos antes. Sonriendo, se alejó de ella–. Gracias, pero hay algo más que considerar que el embarazo...

–Quieres decir... que... ¿estás hablando de enfermedades?

Quería zarandearla hasta que le sonaran los dientes. Parecía tan inocente como una colegiala. ¿Cómo se le había olvidado lo buena actriz que era?

–Sí –dijo con frialdad–. De eso exactamente.

–Yo no... quiero decir... no puedo... –su rubor se hizo más profundo–. ¿Cam? Yo no...

–Sí. Estoy seguro de que no. Probablemente tendrás un certificado del Departamento de Sanidad que lo demuestra –sonrió, mostrando los dientes.

El rostro de Leanna pasó del rojo al blanco en un instante.

–Eres un canalla.

–Cambia ya de expresión. Estoy cansado. Vete a bañarte. Veré qué hay de la comida de la que ha hablado Shalla.

–Prefiero morirme de hambre antes que comer con...

Pero Leanna estaba hablando sola. Cam ya se había marchado de la habitación.

Vete a bañarte. ¿Era eso lo que había dicho?

Cameron Knight no podía decir nada que no fuera una orden. Además, prefería estar llena de mugre antes que meterse en esa obscena bañera. El lavabo, agua caliente, jabón y una toalla serían suficientes.

Limpia y casi en carne viva de tanto frotarse, como

si fuera posible quitarse las huellas de las manos de un hombre, Leanna abrió un armario que había en el baño y lo encontró lleno de túnicas de seda –caftanes, supuso–, de todos los colores del arco iris. Eligió uno a ciegas, se lo puso sobre la piel desnuda y se lo abrochó desde el cuello hasta los pies. Había también babuchas a juego, pero cuando trató de meter los pies dentro de ellas, se retorció de dolor. Los dedos de su pie derecho estaban sensibles. Mejor andar descalza que arriesgarse a una lesión que podría afectar a su baile, pensó... y casi se echó a reír. Volver a bailar era la última de sus preocupaciones. Primero tenía que salir viva de allí. La mataba admitirlo, pero sabía que nunca lo conseguiría sola.

Si Cam la había abandonado... No. No podía preocuparse por eso. ¿No había algún antiguo refrán sobre preocuparse antes de tiempo?

En una pequeña caja lacada encontró pasadores de marfil para el pelo. Leanna se recogió el pelo en un moño flojo y se lo sujetó con un pasador.

La puerta del baño seguía sujeta por las bisagras aunque se mantenía de milagro en el marco. La abrió con cautela. La habitación estaba vacía. También la salita. Alguien había estado allí, de todos modos. La habitación brillaba por las velas y había una gran mesa llena de comida y bebida. Leanna llenó de agua una copa de cristal y le dio un sorbo mientras salía a un balcón.

La luna brillaba como un camafeo en medio del terciopelo negro del cielo iluminado con mil millones de estrellas. Los jardines se extendían en todas las direcciones, las flores llenaban de su aroma el aire de la noche. Debajo del balcón, las antorchas iluminaban una piscina azul celeste.

El lugar era maravilloso, pero hasta el decorado de un ballet parecía más real. Cameron Knight no era un príncipe ni ella una princesa esperando a que la despertaran con un beso. Las cosas que allí lo hacían tan atractivo, por la testosterona que generaba la necesidad de sobrevivir, serían horribles en cualquier otro sitio. Se sentía avergonzada sólo de pensarlo, pero la verdad era que acostarse con él hubiera sido... hubiera sido lo mismo que irse a vivir a un suburbio.

Cam no tenía ninguna de las cualidades que siempre le habían gustado en un hombre.

Leanna aguantó la respiración. Dio un paso atrás y se ocultó entre las sombras. Cam se dirigía a la piscina, caminando como si fuera el dueño del mundo. ¿Qué estaba haciendo?

Sin prisa se quitó la camiseta. ¿No se le había ocurrido que alguien podía estar mirando? Que ella... Se le quedó la boca seca cuando se quitó los pantalones.

¡Qué hermoso era! El rostro duro, peligroso. El pelo negro, largo y en ondas que le caía por debajo de la nuca. Los hombros anchos y el amplio pecho, el vientre liso...

Bajó un poco más la mirada. Seguía excitado. Increíblemente excitado.

El deseo la inundó. No tenía sentido mentirse a sí misma. Nunca lo hubiera admitido ante él, pero ¿cómo podía una mujer ver a ese hombre y no desearlo?

Se acercó al borde de la piscina y se lanzó al agua. El agua apenas se movió. Pasó un segundo y su cabeza salió a la superficie. Hizo un largo, se dio la vuelta y volvió a recorrerlo, una y otra vez hasta que perdió la cuenta. Al final, salió del agua y miró a la terraza. A Leanna se le paró el corazón. Luego se dio cuenta de que no podía verla. Pero ella sí podía verlo a él.

Todo ese ejercicio no había conseguido mitigar la frustración de Cam. ¿No sería estupendo encontrar la manera de empeorarla? La había acusado de provocarlo, pero no lo había hecho, porque si lo hubiera hecho, si de verdad hubiera querido volverlo loco...

«No lo hagas, Leanna», escuchó una voz dentro de ella. «Leanna, no».

Lo miró mientras se ponía los pantalones, cruzaba los brazos y miraba al balcón a pesar de que no podía verla. Leanna respiró hondo, cerró los ojos y dejó que la música sonara en su mente. Era un bolero. Le encantaba escucharlo, pero nunca lo había bailado.

No era sorprendente dado que ella bailaba ballet, pero lo que bailaría esa noche no sería ballet, sería una danza de nueva creación, pensada para mostrar a un hombre que la había despreciado lo que se estaba perdiendo.

Lentamente salió de las sombras a la zona iluminada por la luna. Miró hacia abajo y apreció cómo cambió la expresión de Cam al verla.

Algo caliente y salvaje le recorrió la sangre, cerró los ojos, levantó la cabeza, empezó a balancearse y se sumergió en una música que sólo había en su cabeza. Arqueó el cuerpo y levantó los brazos hacia la luna, y el ritmo de su corazón y el de la música se fundieron.

El ritmo se fue acelerando. Se llevó las manos al primer botón del caftán. Despacio, sin dejar de moverse, desabrochó los botones hasta que la túnica colgaba abierta de los hombros, exponiendo a la noche su cuerpo desnudo...

El ritmo primigenio de la música inundaba sus sentidos. Leanna se quitó el pasador del pelo y lo dejó caer en ondas doradas sobre sus hombros. Se llevó las manos a los pechos y se los acarició, fue bajando las palmas de las manos por las curvas de su cuerpo, por el vientre hasta los muslos.

Se quedó completamente quieta, despacio, mientras la última nota de su cabeza se perdía en la noche, dejó caer el caftán al suelo. Desnuda, alzó los brazos a la luna, y fue consciente de que no había bailado para atormentar al hombre que la estaba mirando, había bailado para seducirlo.

El silencio se hizo en la brisa de la noche. Entonces escuchó a Cam pronunciar su nombre.

–Salomé.

Abrió los ojos y miró hacia abajo. Demasiado tarde. Cam ya estaba en marcha, desapareciendo de su vista al rodear la piscina.

Iba a buscarla. La puerta de la sala se abrió. Ella se giró en dirección al sonido y lo vio entrar en la habitación. Casi podía notar su calor, el aroma de su masculinidad.

Al mismo tiempo, estaba asustada. Se llevó las manos a los pechos y el sexo en un gesto ancestral de protección.

–Espera –susurró–. Cam...

Cerró la puerta de un portazo y fue hacia ella, apartando de una patada una silla que se interponía en su camino. Cuando llegó hasta ella, la tomó entre sus brazos.

–Se acabó esperar, Salomé –dijo con fiereza mientras la tumbaba en la alfombra de seda.

–Cam –dijo–. Cam...

Pera ya no podía oírla. La besó, metió la rodilla entre sus muslos, la agarró de las muñecas y le puso los brazos por encima de la cabeza.

–Mírame –dijo–. Quiero verte la cara mientras te poseo.

Entró en ella de una vez, Leanna gritó y un escalofrío recorrió su cuerpo, después se quedó completamente quieta.

«Demonios», pensó Cam. ¿Podía ser cierto?

Su Salomé era virgen.

Capítulo 8

UNA virgen? ¿La mujer que le habían llevado vestida como una hurí? ¿Que había llegado a Baslaam como juguete sexual de Asaad? No había error, sentía la frágil barrera que la protegía de la penetración completa. El sudor le empapaba la frente. Cada músculo de su cuerpo gritaba de tensión mientras luchaba contra el deseo de entrar más dentro de ella.

—Salomé —dijo con voz ronca—, ¿por qué no me lo has dicho?

—Lo intenté. Antes, cuando dijiste que no tenías preservativos, pero...

—Oh, qué imbécil he sido.

—Shh. No importa. Sólo... sólo... —se movió, un delicado movimiento de sus caderas pero suficiente para hacer que él cerrara los ojos y rugiera.

—No... no hagas eso, cariño. Sólo... sólo, estate quieta. Yo me saldré, y tú... —el aliento se le escapó entre los dientes, ella se había vuelto a mover, había empujado contra él con una sutileza que nunca se hubiera imaginado.

Lo deseaba. El ser consciente de ello lo llenó de una alegría que lo conmovió. Su bailarina dorada nunca había estado entre los brazos de un hombre.

Y le deseaba a él. Pero era virgen. Virgen. Un inusual regalo en ese mundo brutal.

¿Cómo podía entregarle su inocencia? No lo había

pensado bien. El peligro. La adrenalina. No, ella no lo había pensado bien, además... Además él no deseaba ese regalo.

Era valiente y fuerte y guapa, su Salomé, y su virginidad pertenecía a otro, no a alguien como él. No a un hombre que conocía el mal mucho más de lo que le gustaba.

Si había hecho algo bueno en su vida, sería eso.

—¿Cam?

Aquel susurro estaba lleno de preguntas, pero sabía cuál era la única respuesta que tenía sentido. Despacio, muy despacio, empezó a retirarse de ella.

—No —dijo ella, y tensó los músculos alrededor de él.

El corazón parecía un tambor en el pecho, ¿podía un hombre morir de placer? ¿O hacer lo correcto?

—Shh —murmuró él—. Está bien, cariño.

Un escalofrío recorrió su cuerpo al culminar la separación total de ella. Leanna gimió en protesta, y él acarició su boca con los labios.

—Salomé —dijo con suavidad—. Perdóname.

—No podías saberlo.

—Debería haberte escuchado, corazón, pero soy demasiado testarudo.

—Entonces, escúchame ahora —lo miró a los ojos—. No quiero que pares —le agarró la cara con las dos manos—. Quiero que me hagas el amor, Cam, te quiero dentro de mí.

Su ruego era un tormento. De alguna manera, se las arregló para negar con la cabeza.

—Crees que eso es lo que quieres, pero no es así.

—Maldito seas, Cameron —las palabras eran fuertes, pero las lágrimas inundaron sus ojos—. ¿No me deseas?

Cam la envolvió con el caftán y la abrazó. La abrazó fuerte y la meció.

—Más de lo que he deseado nada en mi vida.

—Entonces por qué...

–Porque soy todo lo que has dicho que era. Cada cosa que me has llamado –le alzó el rostro y le apartó el pelo de la cara–. Te mereces a alguien mejor.

–¡No! No digas eso. Tú...

–Deja que te abrace, nena. Venga. Apóyate en mí.

El tiempo transcurría despacio. Podía sentir cómo el cuerpo de ella se iba relajando. Finalmente suspiró.

–Entiendo. Las chicas hablan. Algunas dicen que la virginidad es una carga.

–¡De eso nada! –le dio una palmada en el hombro y la separó lo justo para poderle mirar a los ojos–. Es un regalo, Salomé. Por eso es... –siguió con voz áspera–. Por eso es por lo que sólo quiero tenerte entre mis brazos. Porque me gustaría poder retirar todas las cosas que te he dicho.

–Creíste a Asaad. No te lo reprocho. Lo que te dijo tenía lógica.

–Debería haber descubierto la verdad desde el principio. Arriesgaste la vida para advertirme –hizo una pausa–. ¿Qué pasó? –sintió que un estremecimiento recorría el cuerpo de ella y decidió esperar un poco antes de volver a preguntar–. No importa, nena. No debería haber preguntado.

–Está bien. Quiero contártelo. Puede ser que al contarlo parezca menos real –Leanna tragó–. Estaba con una compañía de danza de tour por Europa del Este. Un día, durante un ensayo, un par de chicas y yo salimos fuera del teatro a tomar el aire. Una furgoneta se detuvo y salieron de ella varios hombres. Nos agarraron y nos metieron en la parte trasera. Yo creí que iban a matarnos, pero una de las chicas dijo que eran cazadores de esclavas y...

–Y –dijo Cam con gesto severo– tenía razón.

Leanna asintió.

–Asaad me compró. Iba a... iba a usarme, pero entonces apareciste tú. Me dijo que me dejaría libre si...

si hacía cosas contigo. Sabía que estaba mintiendo, pero tú eras estadounidense y me imaginé...

–Te imaginaste que aparecería en un caballo blanco y te salvaría –dijo en tono jocoso–, hasta que descubriste que era una versión americana de Asaad.

–¡No! –negó con la cabeza–. No eres como él, Cameron. Me salvaste la vida. Si no hubieras venido a Baslaam, si no hubieras escapado y me hubieras llevado contigo...

–Creo que te equivocas, corazón. Tú escapaste, yo sólo te acompañé.

Ella sonrió, como él esperaba, y parte de la tristeza abandonó sus ojos. Era una mujer impresionante. Si se hubieran conocido en otra parte del mundo. Si se hubieran encontrado en un entorno que no le hubiera hecho ser consciente de que no se merecía una mujer como ella, podría ser que las cosas hubieran ido bien. En otro lugar, en otro momento, hubiera podido recurrir a las galanterías. Salomé era guapa y brillante, cualidades que no habría podido resistir. Habría sido una persecución total. Hubiera mandado flores, la hubiera llevado a cenar, besado en la puerta de su casa, susurrado que odiaba tener que irse, y ella le hubiera invitado a entrar. Se habrían acostado, y él le hubiera dicho todo lo que había que decir, las cosas que ella merecía escuchar. Después de unas semanas o a lo mejor un par de meses, se hubiera marchado. Todo era muy civilizado, y las mujeres que entraban y salían de su vida conocían las reglas. Salomé no, y hubiera sido un cerdo si hubiera sido él quien la hubiera introducido en el juego. Sólo deseaba que ella no se sintiera tan maravillosamente bien entre sus brazos.

La movió con cuidado. La caballerosidad no le dejaba ir más allá. Si no la hubiera movido, la evidencia de su rampante deseo hubiera sido demasiado obvia. La besó con suavidad.

—¿Sabes qué? —dijo, sonriendo.

—¿Qué?

—Si no como algo pronto, las costillas se me van a juntar con la espalda.

—Se me había olvidado que eras un muchacho tejano hasta la médula —dijo, riendo.

—No es broma, cariño. Me muero de hambre, ¿tú no?

Sus tripas respondieron con un rugido. Cam soltó una risita, se dio la vuelta y se puso los pantalones.

—Vamos, señorita. Veamos si somos capaces de encontrar algo de carne entre lo que ha preparado Shalla.

Salomé rió mientras se ponía de pie. Sonriendo también, mantuvo su mirada en el rostro de ella mientras le abotonaba el caftán, pero cuando los nudillos accidentalmente rozaron su piel, se le escapó un gemido. ¿Cómo iba a hacer para sobrevivir a esa noche?

Charlaron mientras comían sentados alrededor de una mesa de cristal en el balcón. Después, gradualmente, Salomé fue quedándose en silencio. Cam le agarró la mano.

—Eh —dijo con suavidad—. ¿Por qué estás triste?

Porque nada de eso iba a durar. Porque él sí era el guapo príncipe que había despertado a la princesa dormida. Porque podían no conseguir sobrevivir. Porque si iban a dejar este mundo, quería saber que había, aunque sólo fuera un momento, pertenecido a Cameron Knight.

—¿Cariño?

Leanna le acarició la mano. Cam se llevó su mano a los labios, y la besó.

—Cam —respiró hondo—. Quiero preguntarte algo. Si no quieres hacerlo... si crees que me estoy pasando...

–Salomé. Pregúntame lo que quieras.

–Has dicho... has dicho que no quieres acostarte conmigo.

–No –se aclaró la garganta–. Lo que he dicho es que no podía acostarme contigo, nena. Claro que quiero.

–Pero hay... quiero decir que hay otras cosas...

Su rostro se tiñó de rojo mientras se quedaba sin voz. Él la miró, y ella pensó en todas esas otras cosas y supo que él nunca sería lo bastante fuerte como para controlarse.

–Salomé. Cariño, tienes razón, hay otras cosas. Pero no soy un santo. Si pongo la boca en... –sólo pensarlo iba a hacer que llegara al orgasmo–. Si hago esas otras cosas, me temo que... que yo...

–Podemos bañarnos juntos.

Pronunció las palabras tan rápidamente, que al principio no estuvo seguro de haber entendido lo que había dicho.

–¿Un baño? –por primera vez desde que tenía más de trece años, se le quebró la voz–. ¿Juntos?

–Sí. En esa enorme bañera. Tú en un extremo y yo en el otro. Mucha espuma, de modo que nadie pueda ver nada y... –Leanna se cubrió la cara con las manos–. Oh, ¡no me mires así! Lo siento, no debería haber...

Cam le agarró las manos y se las apartó de la cara.

–Es una gran idea –dijo, valiente.

–¿Lo es?

–Sí –dijo, tragando–. Báñate, yo te acompañaré.

–No es lo mismo.

«Claro que no lo es», pensó él, pero sólo sonrió.

Cam se sentó en una especie de diván que había en el cuarto de baño mientras Salomé se preparaba para bañarse. Se daría la vuelta cuando llegara el momento. Mientras tanto, no había ningún peligro en mirarla abrir los grifos o elegir unas sales de baño de entre la fila de tarros de cristal que había al lado de la bañera. Nadie podía recriminarle tampoco por mirarla recogerse el pelo.

—Perfecto —dijo ella.

Perfecto, pensó él, e hizo un gesto de dolor al sentir la presión de su cuerpo.

Estaba de espaldas a él. Sabía que se estaba desabrochando los botones del caftán. Se deslizó desde sus hombros al suelo. Era el momento de dejar de mirar, pero no lo hizo. Sus ojos estaban absortos en las hermosas líneas de su espalda.

—¿Cam? —dijo con suavidad—. La bañera es tan profunda... ¿Podrías ayudarme a entrar?

Él asintió en silencio. Era más seguro que hablar, pensó mientras iba hacia ella. Si mantenía desviada la mirada, si ella no se daba la vuelta... Pero se la dio.

Despacio, lo bastante despacio como para hacer que se le parara el corazón, se dio la vuelta y se puso de cara a el.

—¿Cam? —susurró.

Todas las preguntas que una mujer podía plantearle a un hombre estaban en sus ojos. Todas las respuestas que él podía dar latían en su sangre. Lentamente dejó que su mirada bajara hasta sus pechos. Su vientre. El nido de dorados rizos en la unión de sus muslos.

Recordó la sensación de aquellos rizos en la palma de la mano. ¿Cómo sería la sensación de tenerlos en la boca? Quería enterrar su rostro en ellos, sentir cómo su aroma inundaba sus pulmones. Abrirla y ver su rostro mientras la besaba...

—Salomé —dijo con suavidad—, estás tratando de seducirme.

—Lo intenté una vez —dijo ella—. Y no funcionó.

Y los dos sabían que estaba volviendo a intentarlo. Cam no sabía qué hacer, si reír o llorar. Ella nunca había estado con un hombre; él había estado con no sabía cuántas mujeres y ¿se creía que podía seducirlo? Era más duro que eso, y los hombres duros no eran cobardes. Pensó en lo que ella le había pedido antes, si no había otras cosas que pudieran hacer en lugar de lo que ambos deseaban. Las había. Cosas que les darían a los dos momentos de dulce placer sin matarlo y, a lo mejor, le concedían a él alguna relajación. Cam sonrió. Se quitó los pantalones y tomó en brazos a su bailarina y entró en la bañera.

Todo lo que tenía que hacer era ponerla de pie, asegurase de que estaba estable... De algún modo ella se las arregló para abrazarlo del cuello. De alguna manera, cuando se sumergió en la bañera ella acabó sentada en su regazo. Tenía que moverla. Sus nalgas eran tan cálidas, tan femeninas... Otro pequeño movimiento. Mejor. No gran cosa, pero sí algo mejor.

—Bueno —dijo Cam—. ¿Qué tal así?

—Maravilloso —dijo, suspirando.

¿Estaban hablando del agua? ¿O de la tensa carne de Cam, hinchada y dolorosa contra la de ella?

—El agua es tan agradable —bueno, estaban hablando del agua. Al menos ella sí—. Es mágica.

Ella era lo mágico. La notaba tan suave entre sus brazos. Tan bien. Tenía la cabeza apoyada en su hombro, y los ojos, cerrados. Las puntas húmedas del pelo se apoyaban en sus pechos, y su boca... Su boca parecía un pétalo de flor.

Cam inclinó la cabeza y le acarició la boca con los labios.

—Cariño —susurró.

Ella levantó la barbilla. Separó los labios. Su boca se aferró a la de él.

—Voy a bañarte, Salomé.

Su voz era áspera y grave. Su corazón latía desbocado. Con cuidado la levantó de su regazo y la puso de pie entre sus piernas. Después se puso una de las manoplas que había en el borde de la bañera. La metió en el agua.

—Primero la cara —susurró—, y el cuello —ella cerró los ojos—, y después... y después —lentamente deslizó la manopla por los pechos. Sintió cómo ella temblaba. Él también temblaba mientras seguía hacia abajo por su vientre, más abajo... La manopla se escurrió de sus dedos. Inclinó la cabeza, la besó en los pechos mientras deslizaba la mano entre sus muslos. Ella se quejó, y él mantuvo la caricia centrándose en esa parte prohibida.

—Eso... —dijo ella, echando la cabeza para atrás—, eso...

—¿Sí? —dijo con voz ronca. Su cuerpo ardía—. ¿Qué tal, Salomé?

Ella suspiró, y él incrementó la fricción recordándose que lo hacía sólo por ella. Por ella. No por él, no por...

Su grito atravesó la noche. Ese placer salvaje y elemental lo atravesó también a él. Lo había hecho, se lo había regalado a ella. Un sentimiento tan profundo, tan intenso, que lo aterrorizó.

Rápidamente se puso de pie y tomó entre los brazos a su dorada bailarina. Salió de la bañera con ella colgada de su cuello, con sus bocas unidas. Con cuidado la puso de pie y la envolvió en una enorme toalla. Volvió a besarla y a levantarla en brazos. La sacó del baño y la llevó a la cama donde la depositó con el mismo cuidado que si fuera el tesoro más precioso del universo.

—No me dejes —susurró ella.

Nunca, pensó él. Nunca volvería a dejarla.

—Shh —dijo, y la besó.

Cerró la puerta de la sala y después encajó una silla en ella. La puerta del dormitorio no tenía cerrojo, una silla cumpliría su función. Cuando llegó a la cama, Salomé estaba dormida.

Se sentó a su lado, sonriendo mientras la miraba. Estaba boca arriba con el pelo extendido por las almohadas. Era el retrato de la inocencia. Y en algún sitio Asaad estaría buscándola.

La sonrisa de Cam se apagó. Con cuidado para no despertarla, la besó. Después se tumbó a su lado, echó la colcha por encima de los dos y la rodeó con sus brazos. Salomé suspiró y apoyó la cabeza en su hombro; Cam le agarró la mano y la besó. Después cerró los ojos y se durmió.

Capítulo 9

LEANNA se despertó sola en la enorme cama. En la oscuridad de la habitación había tal silencio que podía escuchar el latido de su corazón.

−¿Cam?

No hubo repuesta.

−¿Cam? −repitió.

Sus ojos empezaron a acostumbrase a la oscuridad. La puerta que daba a la sala, estaba abierta. A través de ella, pudo ver a Cam de pie en el balcón. Suspiró de alivio, empezó a tirar de la colcha, pero se detuvo. A lo mejor necesitaba estar solo.

Ella no. Ella sólo quería estar con él, pero no había ninguna razón para que él sintiera lo mismo, especialmente después de lo que había pasado en la bañera. Le ardía la cara. A lo mejor estaba disgustado con ella. No podía creerse que hubiera sido tan atrevida. El sexo no le había interesado mucho nunca. La danza era una tiranía. No le dejaba la más mínima energía para otra cosa, pero entonces había aparecido Cameron Knight... Y se había enamorado de él. ¿Cómo podía haber ocurrido? Sólo le conocía desde hacía un puñado de horas. Sí, pero habían vivido de todo en esas horas.

Leanna se sentó y se echó la colcha. No iba a preocuparse por lo que Cam pensara de ella. El tiempo era demasiado precioso como para perderlo.

Había una bata a los pies de la cama. Se la puso, se

ató el cinturón y cruzó el dormitorio en dirección a la sala, en dirección a Cam. Se detuvo cuando estaba casi en las puertas del balcón y se quedó mirándolo. Estaba de pie, con las piernas abiertas y las manos apoyadas en la barandilla. Llevaba puestos los pantalones aunque los tenía desabrochados, bastante bajos en las caderas. Su mirada recorrió los hombros musculosos y la espalda desnuda.

«Mi hermoso guerrero», pensó, y sonrió.

—¿Cameron? —dijo con suavidad.

—Salomé.

Quiso lanzarse a sus brazos, pero se había dado la vuelta y había algo en la rigidez de su postura que le hizo contenerse.

—¿Te he despertado? —preguntó.

—No, no, yo...

—Ven aquí —dijo con aspereza.

Le tendió los brazos y todo cambió, el modo en que la miraba, la postura que tenía, el pesar que Leanna había sentido en el corazón. Se lanzó a sus brazos, y él la abrazó. Hacía frío, pero su piel estaba caliente. El aroma de las sales de baño lo envolvió y se mezcló con el aroma que ella amaba, el propio de él. Leanna se acurrucó. ¡Qué bien se sentía entre sus brazos!

—Hum —suspiró, y lo besó en el hombro—. ¿No tienes frío aquí de pie?

—Estoy bien —dijo con voz ronca—. Deja que te dé calor.

Cam desató el cinturón de la bata y metió sus manos por dentro. Leanna se apretó contra él y ronroneó como un gato.

—Qué bien —susurró Leanna.

Su intención realmente era sólo darle calor, pero su cuerpo iba a volver a dejarlo como un mentiroso. Cambió de postura con la esperanza de que ella no se diera cuenta.

Levantó la cara hacia él, y preguntó:

–¿Llevas mucho tiempo despierto?

–Un rato –dijo, encogiéndose de hombros.

–¿Qué te ha despertado?

Preguntas, pensó, preguntas sin respuesta. ¿Dónde estaba Asaad? ¿Habría encontrado ya su pista? Y la más importante de todas: ¿Cómo iba a hacer para proteger a su Salomé?

Pero a ella no le hacía falta escuchar ninguna de ellas. Habían encontrado un oasis de paz y no había ninguna necesidad de preocuparse todavía.

–Tenía sed –dijo–. Me levanté a beber agua. ¿Qué te ha despertado a ti?

El rubor ocupó sus mejillas, pero siguió mirándolo a los ojos.

–Te echaba de menos.

La besó. Después la envolvió con los brazos y apoyó la barbilla en su cabeza. A lo mejor estaba equivocado. A lo mejor era el momento de contarle algo de lo que estaba pensando.

–Se me ocurrió salir a echar un vistazo.

–¿Fuera? Deberías haberme avisado para que fuera contigo. Imagínate que te pasa algo.

–No –dijo feliz por el coraje de su respuesta–. Estamos seguros aquí.

–De momento.

Una parte de él quería mentir, pero las mentiras no la protegerían.

–Sí –dijo–. De momento. Quería echar un vistazo mientras todo el mundo duerme. Pensé que cuantos menos ojos hubiera mirando, mejor.

–¿Y qué has descubierto?

Dudó. Su bailarina merecía la verdad.

–Este sitio es como un reino místico. Un Shangrila. Creo que no ha tenido contacto con el mundo en cientos de años.

Se relajó dentro del abrazo.

–¿Por qué tengo la sensación de que eso no es bueno?

–Porque no hay nada aquí a lo que podamos recurrir –dijo sin rodeos–. Ni coches, ni teléfonos. Ni siquiera una radio.

–Tienes un móvil, y encontramos un GPS.

Había probado el móvil en el desierto, en la montaña, fuera del palacio hacía un momento. Sólo una solitaria línea había aparecido en la pantalla. Había marcado el número de su oficina para dar las coordenadas del GPS al contestador de la oficina, pero la solitaria línea de cobertura desapareció antes de que pudiera terminar.

–Bueno, podemos intentarlo otra vez por la mañana.

–Bien –dijo, y le sonrió.

Cam estaba mintiendo, lo notaba en su voz. Pero lo hacía para protegerla. Ésa era la clase de hombre que era. Era el hombre que había esperado.

No era que hubiera hecho un esfuerzo especial para mantenerse virgen, simplemente era que entre los estudios y el ballet, no había dedicado mucho tiempo a los chicos. Últimamente incluso menos. Ensayos y actuaciones le absorbían toda su energía y tiempo, además, los hombres con los que se había ido encontrando en su profesión, eran completamente repugnantes. En Las Vegas, donde había bailado para ganar dinero rápido y poderse pagar el irse a Nueva York, la mayoría de los hombres eran seres violentos acostumbrados a comprar todo lo que deseaban. En Manhattan, encontró hombres enamorados de su propia imagen.

La ciudad había sido lo que había conquistado su corazón. Era donde el ballet clásico vivía y respiraba. No había podido entrar en el Ballet de Nueva York, pero había conseguido un buen puesto en el Ballet de Manhattan.

Después había empezado una pesadilla, había sido rescatada por un extraño de hablar desagradable y había descubierto que no sólo quería que le enseñara todo lo relacionado con el sexo, sino que también quería mirarlo a los ojos y decirle que lo amaba.

Semejante locura. Era demasiado mayor como para creer en milagros. Cam no la amaba, pero eso no significaba que ella no pudiera amarlo. En ese momento, al día siguiente, siempre.

—Eh.

Parpadeó y lo miró.

—Vaya cara más larga, cariño —puso un dedo debajo de su barbilla y levantó su rostro—. No hay nada de qué preocuparse. Cuando se haga de día revisaremos todo —forzó una sonrisa.

—No tienes que protegerme de la verdad, Cam. Sé que estamos en una situación difícil.

—Lo estamos, pero ya se me ocurrirá alguna solución.

—Ya lo has hecho. Me salvaste la vida.

—Ya te he dicho que tú fuiste la que lo hizo, si no hubieras gritado, todavía estaría en aquel cuarto de baño.

—No —dijo, sonriendo—. Lo que he dicho antes era la verdad, te hubieras escapado, pero con un plan.

—Lo que yo he dicho también es la verdad. No te hubiera tenido a mi lado.

—Tus oportunidades hubieran mejorado.

—Error. Cien por cien equivocada. ¿Cómo has llegado a esa conclusión?

—Hubieras tardado menos solo.

—No es cierto. Has mantenido un paso que haría desplomarse a muchos tipos.

Una tímida sonrisa se dibujó en los labios de Leanna.

—¿De verdad?

—Claro que sí —inclinó la cabeza y le rozó la boca con los labios—. Te lo garantizo, Salomé. Y me gano la vida así.

—¿Así? —abrió los ojo de par en par—. ¿Quieres decir arriesgando tu vida continuamente?

—No. Bueno, a veces... Ahora... Hago trabajos que nadie quiere hacer. Mis hermanos y yo...

—¿Tienes hermanos?

—Dos. Estamos muy unidos. Matt, Alex y yo estuvimos en el ejército juntos. Después... trabajamos para una agencia del gobierno.

—¿El FBI?

—Nada con unas iniciales que te suenen —su tono se endureció—. He hecho cosas... Todos las hicimos.

—Cosas peligrosas.

—Sí, pero...

—Por tu país.

—Bueno, claro, pero...

—Alguien tiene que hacer esas cosas —dijo con suavidad— por los demás, Cameron.

La miró a los ojos. Se creía lo que decía. Era lo mismo que había creído él al principio. Demonios, todavía lo creía, en el fondo de su corazón sabía que era cierto. Lo que pasaba era que había terminado por cansarse. Las mentiras. El castillo de naipes en el que tratabas de vivir y que un buen día se te caía encima.

—Sí —dijo bruscamente—. Pero después de un tiempo empiezas a olvidarlo. Todos lo hicimos, Matt y Alex y yo. Entonces supimos que era el momento de irse, de volver a casa...

—A Dallas.

—Sí, y creamos Knight, Knight y Knight, Especialistas en Manejo de Riesgos.

Leanna sonrió.

—O sea, que sigues enamorado de lo emocionante.

Siempre lo había estado. Pero toda la emoción que necesitaba en ese momento estaba allí, entre sus brazos.

—Mi caballero con su brillante armadura –dijo ella riéndose. Tomó la cara de él entre las palmas de las manos, se puso de puntillas y lo besó–. ¿Cómo he podido tener la suerte de encontrarte en Baslaam?

Cam agarró las manos y se las llevó al pecho.

—Es una larga historia –dijo–. En resumen se puede decir que estaba allí por negocios, por mi padre.

—Entonces, ¿por qué Asaad quería que... te distrajera? ¿Por qué quería hacerte daño?

—Lo que quería era mi firma en un contrato, pero sabía que no firmaría. A lo mejor se imaginaba que si me agarraba cuando estuviera... –esbozó una sonrisa rápida–, distraído, hubiera sido más fácil de manejar. Sus hombres me hubieran dado una paliza y después me hubieran dejado claro que te harían... cosas a ti si yo no cooperaba.

Leanna no tuvo que preguntar qué cosas le hubieran hecho. En su lugar se concentró en lo que Cam había dicho sobre cooperar.

—Y, una vez que lo hicieras... Te habrían matado y se hubieran divertido conmigo.

Su voz se quebró. Cam cerró los ojos, tratando de contener la rabia que le crecía dentro y sabiendo que a ella lo que le hacían falta eran palabras tranquilizadoras y no enloquecidas promesas de matar a Asaad con sus propias manos.

—No tengas miedo, Salomé. No te tocará nunca, te lo juro.

—¿Cómo voy a tener miedo de nada –dijo suavemente– estando entre tus brazos?

Aquellas palabras fueron como un cuchillo en el corazón de Cam. Le había hecho un juramento que era más un deseo que una promesa. Las cosas podían ponerse mal y, si lo hacían, sólo había un modo de salvarla del sultán. No quería pensar en eso. Lo que quería era llevarla a la cama y hacerle el amor hasta que se olvidara de todo lo que no fuera él. Porque lo que sentía por ella era... era...

–¿Cam? Quiero... quiero darte las gracias por lo que me hiciste antes –se ruborizó–, en la bañera. Ha sido... ha sido muy generoso –¿generoso? Sonaba como un donativo benéfico–. Ha sido galante –lo último que se sentía era galante. Su cuerpo ardía–. Por eso he decidido dormir en el sofá.

–¿Qué?

–En el sofá de la sala. Voy a dormir en...

–No.

–Claro que sí. Sé por qué te has levantado de la cama. No soy idiota.

–Me he levantado porque tenía sed.

–Te has levantado por mi culpa. Por eso voy a dormir en...

–¿De qué hablas? –primero le decía que lo deseaba, después le llamaba galante y a continuación insinuaba que carecía de autocontrol. No era cierto, tenía toneladas de autocontrol–. Dormirás conmigo en la cama.

–No. Tienes que descansar.

–Yo decido qué necesito. Y vigila cómo me hablas, Salomé. Voy a perder la paciencia.

–Buenas noches, Cameron.

Cada vez que le llamaba de ese modo, le subía la temperatura por lo menos cinco grados.

–Me llamo –dijo, irritado– Cam.

–Que descanses.

–Salomé. Salomé, no te atrevas a darme la espalda y largarte.

La miró con la boca abierta mientras se alejaba con la bata colgando de los hombros y el gesto de una reina que acaba de despedir a uno de sus súbditos. ¿Qué demonios pasaba? Hacía un minuto estaba entre sus brazos, dulce y sexy y, de pronto, estaba dándole palmaditas y diciéndole que se tomara las vitaminas.

–Maldita sea –gritó–. ¿Te crees que eres la única para la que todo esto es un problema?

–Yo no tengo ningún problema. Me hiciste eso tan generoso en la bañera y...

Tenso de ira fue tras ella, la agarró del hombro y le dio la vuelta.

–No te alejes así, ¡mujer!

–Por favor, cálmate, Cameron.

–¿Parezco así un hombre generoso?

–Era un cumplido.

–Bueno, pues no me gustan esa clase de cumplidos –gruñó, aunque algo dentro de él le decía que estaba haciendo el idiota–. Cumplidos es lo último que quiero de ti.

–¿De verdad?

–Sí, de verdad.

–Entonces, ¿qué quieres de mí, Cameron? –dijo con una sonrisa.

–Bruja –dijo con suavidad.

Ella sonrió. Se puso de puntillas, le pasó los brazos por el cuello y abrió la boca para dejar paso a su lengua mientras la levantaba del suelo y la llevaba en brazos a la cama.

–Esta vez no voy a pararme –susurró.

–No te pares. No te pares nunca. No...

Cam se quitó los vaqueros y los arrojó a un lado, se reunió con su bailarina dorada y la besó una y otra vez. Aquello, pensó, aquello era lo que un hombre buscaba toda su vida, lo que él había buscado sin saberlo.

Leanna le agarraba el rostro y se lo llevaba a la boca. Se moría por sus besos, ¿cómo podía haber vivido sin ellos tanto tiempo?

–Tócame –susurró, arqueando su cuerpo hacia él y rodeando la cintura con sus largas piernas.

El monte de Venus rozaba su sexo en erección, y Cam gimió. Apretó los dientes sintiendo la descarga eléctrica de aquella dulce caricia a través de su sangre.

«Aguanta», se dijo, «échate para atrás».

Era su primera vez. Estaba listo. Estaba mucho más que listo, pero le quedaba algo de control. No mucho, pero sí lo bastante para saber que tenía que hacerlo bien. Hacer que fuera todo para ella.

Un rugido retumbó en su garganta. Ladeó la cabeza y chupó primero un dulce pezón y después el otro. Paseó la lengua alrededor de ellos hasta que Leanna se retorció de placer. Entonces fue bajando, besándola y dándole pequeños mordiscos en su bajada por las costillas, metiendo la lengua en el ombligo, frotando con la boca los dorados rizos en la unión de sus piernas.

–No –dijo ella– Cam...

–Sí –dijo él, agarrándola de las muñecas cuando trató de apartarlo–. Sí –dijo con voz profunda, y enterró la cara en aquellos suaves rizos, separando los labios y haciendo salir su centro del deseo, exponiéndolo a su vista y a su boca.

Lentamente pasó la lengua por el clítoris. Inhalando su aroma de mujer. Volvió a lamerlo una y otra vez hasta que un grito salvaje se escapó de la garganta de Leanna. Levantó la vista y la vio con la cabeza colgando entre los almohadones. Soltó las muñecas y deslizó las manos debajo de las nalgas, levantándola y volviendo a saborearla.

–Por favor –gimió ella ciega de deseo, agarrándolo de los hombros–. Por favor...

La penetró. Despacio. Sí, despacio a pesar de que su corazón parecía que se le iba a salir del pecho. Los labios de ella pronunciaron su nombre, y él se inclinó y le besó la boca, dejando que saboreara el sabor de su propia pasión. No iba a ser capaz de aguantar mucho más. La tensión de los músculos de la vagina se adaptaba perfectamente a su talla, los pequeños gritos de placer que surgían de su garganta, el sabor de su boca...

—¿Te hago daño? —dijo él—. No quiero hacerte daño...

Ella se movió. Volvió a moverse, y él supo que ya no había vuelta atrás.

En un rápido movimiento, Cam rompió la frágil barrera que protegía la inocencia de su Salomé. Ella gimió, abrió los ojos mientras él se quedaba quieto, esperando, mirándola hasta que vio lo que había deseado encontrar en su rostro. Brillo. Felicidad. Todo lo que se estaba desarrollando también en su corazón.

—Salomé, mi Salomé...

—Sí —dijo ella—. Oh, sí.

Podía sentir la oleada de energía pura que crecía dentro de él.

—Ahora —dijo, y ella gritó en éxtasis, Cam echó hacia atrás la cabeza y estalló en la profundidad, en la profundidad del dorado calor.

Capítulo 10

ALA primera pálida luz del amanecer, Leanna abrió los ojos y encontró a Cam mirándola con una expresión tan tierna, que hizo que el corazón perdiera el ritmo.

–Buenos días, cariño –le dio un beso suave–, ¿has dormido bien?

–Mmm –le puso la palma de la mano en la mejilla, y él giró la cara y la besó en la mano–. ¿Y tú?

Apenas había cerrado los ojos tratando de pensar cómo salvarse. Aun así, para su sorpresa, se encontraba descansado. A lo mejor tenía algo que ver con abrazar a Salomé mientras dormía.

–Estoy bien –se acercó más a ella con cuidado–. ¿Tú estás bien? Quiero decir... ¿Te duele? Intenté no, hacerte daño, pero...

Sonriendo, Leanna le pasó los dedos por los labios.

–Ha sido maravilloso, Cam, nunca pensé que hacer el amor fuera tan... tan...

–Increíble –dijo con suavidad–. Lo sé. También para mí –se acercó más y apoyó la cabeza en el cuello. Después de un minutó levantó la cabeza y la miró–. Me alegro de que tuviéramos esa disputa.

–¿Qué disputa? –preguntó ella, pero el rojo que tiñó sus mejillas dejaba claro que sabía de qué estaba hablando.

–La que provocaste encaminada a meternos en líos.

–¿Qué líos? –susurró mientras dejaba bajar la mano por su espalda.

–Sigue ahí –dijo él, sonriendo– y verás.

–Qué promesa tan estupenda.

Cam volvió a besarla

Su boca era como un dulce, y en su piel se mantenía el aroma de haber el hecho el amor la noche anterior.

Acarició sus pechos, bajó la lengua hasta ellos y jugó con los pezones. Salomé cerró los ojos. Un dulce gemido tembló en su garganta.

Le había hecho el amor otra vez durante la noche, poseyéndola despacio, deteniéndose en los rincones secretos de su cuerpo, pero el tiempo se estaba convirtiendo en un enemigo.

–Corazón –Cam se detuvo–, tenemos que levantarnos.

Un suspiro de resignación salió de su boca.

–Lo sé.

–Vamos a probar con el móvil –dijo, esperando haber adoptado un tono que inspirase confianza–. Y quiero hacerle algunas preguntas a Shalla. Tiene que haber algún tipo de transporte aquí que no hayamos visto. Un coche, un camión. Algo.

–Sólo espero...

–¿Sí?

–Espero –dijo con suavidad–, oh, espero...

–Lo sé –dijo y, a pesar de todos sus buenos propósitos, la sostuvo entre sus brazos y la besó.

Los besos cada vez más profundos hicieron que su cuerpo se estimulara ante la respuesta de ella.

–Cameron –susurró sin aliento, y él se olvidó de todo mientras la colocaba encima de él, sentía su calor mientras ella descendía sobre su erección, la miraba mientras la llenaba.

–Salomé –dijo, y la recorrió un escalofrío, echó la

cabeza para atrás y lo montó hasta que el universo saltó en pedazos.

Una sirviente de ojos tristes les trajo ropa.

—Mi señora desea saber si les gustaría desayunar en el jardín.

Cam dijo que sí, y la chica hizo una reverencia y se marchó.

Se bañaron y se vistieron. Pantalones blancos de lino y un suéter de seda a juego para Leanna, chinos y camiseta para Cam. Sandalias de cuero para los dos. Su Salomé estaba preciosa con la ropa nueva, tan guapa que era difícil abandonar aquel pequeño mundo que habían creado, pero Cam sabía que tenían que hacerlo. Se arrodilló al lado de la cama y buscó la pistola que había escondido entre el colchón y los muelles. Leanna vio cómo se la colocaba en la cintura y después dejaba caer la camiseta.

—¿Crees... crees que puede pasar algo esta mañana?

—Lo que creo —dijo con tranquilidad— es que es mejor estar preparado —dudó—. ¿Por qué no bajo, tengo una pequeña charla con nuestras anfitrionas, reviso todo y luego te unes a mí? ¿Qué pasa?

—No vas a bajar sin mí.

Decidió que no iba a discutir. Mientras no supiera nada más, se sentía mejor teniéndola al lado. No era que pudiera protegerla mucho si los hombres de Asaad irrumpían en el palacio, pero al menos tenía una pistola. La usaría en contra del enemigo... y la usaría para evitar que Salomé cayera en manos del sultán. Lo que estaba pensando debió de notársele en la mirada porque se acercó y lo abrazó.

—No importa lo que suceda —susurró ella—. Quiero estar contigo.

–Cariño –Cam se aclaró la garganta–. Si las cosas se ponen mal... si no hay escapatoria...

Lo besó.

–Lo sé –susurró ella.

Y cuando la miró a los ojos se dio cuenta de que era cierto.

Desayunaron en la terraza bajo un claro cielo azul. Un emparrado les protegía del sol. Los pájaros cantaban en las ramas, y mariposas de brillantes colores aleteaban encima de un macizo de rosas. Shalla apareció mientras tomaban el café. ¿Estaba todo a su gusto? ¿La comida, la ropa? Parecía la propietaria de un hotel de lujo, pensó Cam.

No confiaba en ella, por eso le planteó la pregunta con mucho cuidado.

–No he visto ningún vehículo –dijo–. Seguramente habrá alguno.

–¿Vehículos?

–Sí. Camiones, coches –cuando lo miró sin expresión, endureció el tono–. Algo en lo que traigan los suministros.

–Ah, aquí somos autosuficientes, mi señor. Producimos la comida, esquilamos a las ovejas. Todo lo que ve está hecho por nosotros.

¿La seda y la ropa de lino? ¿Lo muebles labrados? ¿Las comidas exóticas? Cam no se lo tragaba, pero no era buena idea llamar mentirosa a Shalla.

–Muy impresionante. ¿Quién es «nosotros»? No he visto a nadie excepto a una sirvienta y a usted.

–Ah, hay más gente en el pueblo.

El pueblo. Por primera vez sintió una pizca de esperanza.

–¿Dónde está el pueblo?

–No está lejos, señor.

–Seguro que allí hay alguna forma de transporte.

–Unos pocos carros y mulas, eso es todo.

Carros y mulas frente de Humvees. Al menos era algo. Tardarían menos que andando. Además, Cam había besado los pies de Salomé esa mañana cuando hicieron el amor, y los dedos de uno de los pies estaban rojos y bastante hinchados. Cuando le había preguntado, había cambiado de tema.

—Mis pies son la parte más dura de mi cuerpo —había dicho—. Las bailarinas estamos acostumbradas a sufrir un poco. Algunas veces salimos del escenario con sangre en los zapatos —se había reído ante su gesto de impresión—. Sólo parecemos frágiles, Cameron, es parte de la ilusión.

Un carro podía valer, pensó mientras sonreía amable a Shalla.

—En ese caso, me gustaría visitar su pueblo cuanto antes.

Una sombra pasó por el rostro de Shalla. Algo efímero, pero hizo sonar la campana de alarma en su cabeza. Cuanto antes consiguieran el carro y un par de mulas, mejor.

—Por supuesto, señor. Tengo algunas tareas que atender primero. Les llevaré cuando el sol esté alto, ¿está bien?

Aquella maldita situación no estaba bien, pero ¿qué iba a cambiar eso?

—Muy bien —respondió Cam—. Muy bien.

Leanna esperó hasta que Shalla se hubo marchado, entonces se acercó a Cam.

—¿Carros y mulas? ¿Eso es todo lo que hay?

—Eso afirma la dama.

—¿La crees?

—Lo que yo creo —dijo con cuidado— es que carro y mulas es todo lo que vamos a conseguir. Míralo por el lado bueno, no vamos a tener que preocuparnos de conseguir gasolina —Leanna lo miró, sonriendo, y él la abrazó—. De una forma o de otra, tengo que llevarte a casa.

–A los dos –dijo ella, mirándolo a los ojos–. No quiero volver a casa si no es contigo, Cameron. ¿Lo entiendes?

Vio la expresión de sus ojos y supo qué quería decirle. Pensaba que se estaba enamorando de él. Pero él sabía lo que le pasaba en realidad: lo que ella sentía era una atracción sexual salvaje, acentuada por el hecho de que era su primer amante, y acentuada por él mismo porque... porque... Porque ella era especial. Pero no era amor. No creía en el amor. No en el de esa clase. Amaba a su país. A sus hermanos. A los hombres que habían luchado y derramado su sangre a su lado. Pero no en ese amor de las canciones malas y las películas. La gente que se permitía creer que existía se hacían débiles y vulnerables. ¿Por qué otra razón iba a haber tolerado su madre la frialdad de su padre? ¿Su constante desaprobación? ¿Por qué otra razón había ella sucumbido a la enfermedad y muerto? No, Cam no creía en el amor. En el poder del sexo, sí. Era cuestión de añadir el peligro a la mezcla y se obtendría un potente brebaje. No amaba a Salomé, y ella no lo amaba a él. Ella únicamente pensaba que era así, y él únicamente pensaba... sólo pensaba... Al infierno con lo que pensaba.

Metió las manos entre el pelo de su bailarina y levantó su cara. La besó, despacio, diciéndole con sus besos que la protegería con su vida. El honor era un sentimiento que sí entendía.

–Todo va a ir bien, corazón.

–Es posible... ¿Podría Asaad haber dejado de buscarnos?

¿Abandonar? Imposible. Asaad había sufrido una humillación delante de todo el mundo.

De todos modos, un poco de esperanza no hacía daño.

–Todo es posible –dijo, serio.

Leanna suspiró y se apoyó en él. La envolvió con sus brazos.

—Sí —dijo ella con tranquilidad—. Todo es posible.

Cam la besó. Podrían seguir un rato más viviendo en un sueño.

Lo intentaron con el teléfono móvil una docena de veces. Desde las escaleras de la entrada, desde el jardín y, finalmente, desde el lado de la piscina. Nada, el teléfono no encontraba ninguna señal.

—Nunca funcionan cuando te hacen falta —dijo Leanna—. A lo mejor más tarde. Puede ser que el satélite que utiliza no esté en la posición adecuada. Puede ser...

Cam la agarró y la tiró a la hierba.

—No tiene sentido preocuparnos por eso, Salomé. Otra hora y Shalla me llevará al pueblo y...

—Nos —dijo Salomé—. Nos llevará al pueblo.

—No —dijo, tumbándose a su lado en la hierba—. Voy a ir yo solo.

—Imagina que es una trampa. Supón que los hombres de Asaad están esperando en el pueblo.

—Imagina que haces lo que digo por una vez —dijo, suavizando sus palabras con una sonrisa—. Quiero que te quedes aquí con la puerta cerrada y la pistola a tu lado.

—No puedes irte desarmado, no te dejaré.

—Se me ocurre algo mejor que hacer que discutir.

—Sólo estás tratando de cambiar de tema.

—Chica lista.

—Cam. Si... si algo ocurriera...

—No pasará nada.

Sonó convincente, pero sabía que era para animarla.

—Lo sé... pero si algo...

Rodó y se colocó encima de ella.

—¿Siempre has sido tan testaruda?

—Sí —respondió Leanna entre risas.

Cam sonrió y le pellizcó la punta de la nariz.

—Cuéntame.

—Que te cuente, ¿qué?

—Cuéntame de ti.

—La historia de mi vida, ¿quieres decir? De acuerdo, pero respóndeme a una pregunta antes.

—¿Sí?

—Sí —levantó la manga de la camiseta y los dedos recorrieron su bíceps—. Háblame de esto.

Para delicia de Leanna, se ruborizó.

—Es un estúpido tatuaje.

—Es un tatuaje espectacular.

—¿Crees? —sonrió—. Me alegro, porque mi hermano y yo lo creemos así también. Nos llevamos un año, así que yo me gradué en el instituto el primero. La noche antes de irme a la universidad nos dimos cuenta de que era la primera vez que íbamos a separarnos.

—Así que los dos os hicisteis el mismo tatuaje.

—Sí, cosas de chavales, ya sabes, pero después...

—Después, se convirtió en un vínculo entre vosotros. Mis hermanos pensarían que era estupendo.

—¿Son bailarines también?

—¿Mis hermanos? —Leanna resopló, y después rompió a reír—. Si te oyeran decir eso...

—¿No? —dijo, riendo con ella. Amaba su risa, era tan natural como ella.

—Son policías. De los cuerpos especiales. Te pegarían una paliza si les llamaras bailarines. Bueno, no. Probablemente no serían capaces de darte una paliza. Quiero decir que son grandes, como tú, pero...

—Pero lo intentarían.

—Seguro. Todavía se ríen de mí y de la danza en cuanto pueden.

Cam arrancó una margarita y le echó los pétalos en los labios.

—Se ríen, pero están muy orgullosos de mí. Ahora —sonrió—. Desde luego fue diferente cuando empecé a bailar. Tenía seis años y representamos *El Cascanueces*, ¿sabes cuál es?

—Confía en mí —dijo, seco—, tenemos más cultura que la de la barbacoa en Texas.

—Bueno, toda mi familia vino a verme pero no les había dicho que yo hacía la parte de...

—¿El hada?

—La muñeca del árbol de Navidad. Eso significa que yo simplemente me desplomaba, me quedaba sentada y no volvía a moverme. Oh, ¡fue devastador! Decidí dejar el ballet y dedicarme al claqué.

—Una pérdida para el ballet.

—Bueno, no, porque en realidad...

—En realidad eres una bailarina maravillosa —dijo Cam, arqueando las cejas—. El baile que me hiciste anoche, por ejemplo...

—No quiero hablar de eso —dijo, ruborizándose.

—Yo sí. Cuando miré hacia arriba y te vi...

—Nunca había bailado así antes. Una chica que conocí en Las Vegas trató de convencerme de que probara en el espectáculo en que estaba ella, pero no me imaginaba, ya sabes, haciendo...

—Desnudándote —dijo Cam, y sonrió cuando ella se ruborizó—. Mejor —dijo en tono de broma pero con una mirada peligrosa—, porque si pensara que otros tipos te han visto así, tendría que matarlos.

Sus palabras la emocionaron. ¿Dónde demonios estaba su espíritu feminista?

—Eres demasiado protector.

—Sí —admitió—, ¿está mal?

—No. No. Me encanta cómo me haces sentir. Como si... como si tu... realmente...

–¿Como si yo realmente qué?

Leanna lo miró fijamente a los ojos. «Como si realmente me amaras», pensó... pero sabía que no era verdad. Cam era su amante, no el hombre que la amaba.

–Como si pudieras hacer cualquier cosa por nosotros.

Cam sonrió, triunfante.

–Espero que sea cierto. Espero que pueda sacarnos de aquí, Salomé.

La besó. Un largo y profundo beso que casi la mató de placer.

–Cam –susurró contra su boca–. Vámonos arriba.

Su cuerpo se endureció como inmediata respuesta.

–Vamos –dijo con suavidad.

Se levantó, la tomó en brazos y la llevó a su santuario.

La desnudó despacio, disfrutando de la pasión que veía en su rostro, en su sangre. La acarició, la besó, la llevó hasta el punto en que no podía hacer nada más que repetir su nombre. Entonces se quitó la ropa y la llevó hasta la pared de espejos del dormitorio.

–Mira lo hermosa que eres –susurró mientras le daba la vuelta en frente del cristal.

Cam se había llevado su virginidad, le había hecho el amor, la había bañado. Había besado cada centímetro de su cuerpo, ninguna parte de su cuerpo era ya un secreto para él. Pensaba que lo había compartido todo con él, pero en ese momento supo que no. Verse reflejada en los ojos de su amante no era lo mismo que ver en un espejo cómo te hacía el amor.

Sus manos la recorrieron, envolvieron sus pechos. Gimió al sentir la oleada de calor líquido que subía por su vientre cuando sus pulgares le acariciaron los pezones.

–Mira –susurró él.

No podía desviar la mirada del espejo. Una de sus

manos aún cubría un pecho, la otra seguía la curva de la cintura, la cadera, lentamente se abrió sobre su vientre en un gesto de posesión erótica que hizo que se le aflojaran las rodillas.

–Cam –dijo con voz rota.

Sintió su boca en la nuca, los dientes en su piel.

–Mira –repitió él con el tono de una orden.

Deslizó la mano entre los muslos. Ella gimió, su cuerpo dejaba escapar lágrimas calientes de humedad en la palma de su mano, después se tensó como un arco, y el golpe de su orgasmo la llevó a derretirse como el mercurio en medio de un destello de luz. Había llegado al orgasmo entre sus brazos cada vez que habían hecho el amor, pero ninguna vez así. Cam le dio la vuelta hacia él y la mantuvo erguida, haciendo que deseara que aquel momento no se acabara nunca.

–Cam –dijo, sorprendida–. Oh, Cam...

La agarró de las nalgas, la acercó a él y se deslizó dentro de ella. Leanna dio un grito entrecortado y cerró las piernas en torno a su cintura mientras él la llenaba. Más profundo. Más profundo. Sólo su fuerza, su abrazo, su erección evitaba que cayera al suelo.

Llegaron juntos al orgasmo en una explosión de energía. Leanna, llorando sin pudor; Cam, gritando. La dejó en el suelo y la mantuvo pegada a su corazón desbocado.

Algo había ocurrido en él, algo que no entendía o quería o...

Un rugido ensordecedor llenó el aire. Las ventanas se rompieron, y Leanna gritó de terror. Cam echó su cuerpo encima de ella y los cristales entraron en la habitación. Al otro lado de la ventana, un enorme helicóptero se cernía sobre el jardín. Su mole ocultaba el azul del cielo.

Capítulo 11

CAM –gritó Leanna–. Cam, ¿qué pasa?

Se quitó de encima de ella, buscó los pantalones, se los puso. El helicóptero había desaparecido de la vista y estaba descendiendo. Cam podía escuchar el sonido de la hélice.

–Nos han descubierto, cariño.

–¿Los hombres del sultán? Pero... pero Shalla dijo que este palacio era un santuario.

–Shalla mintió –tenía cristales en el pelo, sentía también pequeños fragmentos bajo sus pies, pero salvo eso, estaba bien. Levantó a Salomé, la miró deprisa, respirando al convencerse de que no estaba herida.

–Vístete.

Se puso la ropa con manos temblorosas. Cam agarró la pistola, la cargó y se dirigió a la puerta.

Leanna fue tras él.

–¡Cam, espera!

Se dio la vuelta hacia ella, el pecho desnudo, descalzo, la pistola en la mano.

–Cierra la puerta cuando salga.

–¡No! Voy contigo.

–Ciérrala y no abras, no importa lo que oigas. No abras si yo no te lo digo.

–Cameron. No voy a dejarte salir solo.

–Ya lo creo que lo harás.

Leanna miró fijamente a Cam. Por un momento le pareció un extraño peligroso. Pero no lo era. Era el hombre que amaba. Pasara lo que pasara, quería estar con él, aunque eso supusiera morir.

—Voy a ir contigo, Cam, no puedes detenerme.

—Maldita sea, Salomé, no tengo tiempo para discutir.

—Eso es verdad. No lo tienes. Así que hazte a la idea, voy a ir...

La agarró de los hombros.

—¡No vendrás!

Los hombres gritaban en la distancia. Tenía que bajar las escaleras y dejarse ver. Correr. Alejar a los canallas de ella todo lo que pudiera. Sólo tenía unos minutos para salvar a su bailarina dorada. Y si no lo lograba... si no lo lograba, guardaría una bala. Para ella. Un muerte rápida, sin dolor, sería todo lo que podría darle para recordar durante toda la eternidad.

—Salomé, Salomé, cariño...

—¡Nada de cariño! No voy a permitir que te vayas solo.

Tenía ese brillo en los ojos y ese gesto de la barbilla, esa decisión que era parte de ella, pero esa vez no se iba a salir con la suya. De ninguna manera iba a llevarla con él. Estaba entrenado en la supervivencia. Podía enfrentarse a lo que le esperaba al otro lado de esa puerta. Ella estaría a merced de los asesinos que habían venido a por ellos.

—No voy a discutir —dijo, zanjando la cuestión—. Te quedas aquí.

—Por favor —se le quebró la voz, le apoyó las manos en el pecho y lo miró con lágrimas en los ojos—. Sé que tratas de protegerme. Y... y te amo por ello. Te amo por todo lo que eres, Cam. ¿Me oyes? ¡Te amo!

Ahí estaban, las palabras que sabía que ella quería decir, las palabras que sabía que no eran verdad. Entonces, ¿por qué se le clavaban en el corazón?

—Por eso tienes que dejarme ir contigo —siguió—. ¿No te das cuenta? ¡Te amo!

Tenía que hacer que se callara. Tenía que obligarla a que se quedara. Sólo había una forma de hacerlo, aunque le doliera. Agarró las manos que tenía en el pecho y se las colocó a los lados.

–No seas niña –dijo, cortante–. Lo nuestro ha sido sexo. Sexo, no lo confundas con el amor.

–Te equivocas, yo te amo –dijo, pálida.

–Y yo amo respirar –dijo, odiándose al escucharse.

Ésa no era la forma en que se suponía que aquello debía terminar, pero no le quedaba otra opción. Salvarla era todo lo que importaba, así lo exigía su honor.

–Voy a salir, y tú te vas a quedar aquí hasta que vuelva.

Estaba pálida y le temblaban los labios. Cam soltó un juramento, la atrajo hacia él y apretó sus labios contra los de ella. Leanna no respondió, y Cam podría haber jurado que había escuchado el sonido de su corazón al hacerse pedazos.

–Acuérdate de echar el cerrojo.

Después salió, esperó hasta que oyó el sonido del pestillo y corrió escaleras abajo. Los esbirros del sultán estaban en el patio. Seis hombres. No, ocho. Cam sintió la conocida subida de adrenalina. Una última y profunda respiración. Entonces dio un grito y empezó a moverse mientras disparaba. Cayeron dos hombres. Un tercero, después el cuarto. Cam corría pegado al edificio, las balas impactaban por encima de su cabeza. Dio la vuelta a la esquina y se pegó a la pared. Por primera vez pensó que Salomé y él podían sobrevivir... a no ser que hubiera más hombres corriendo tras él. Los había. Demasiados hombres. Demasiadas armas.

Así estaban las cosas. Estaba en inferioridad numérica y peor armado. Era el momento de volver a por Salomé. Abrazarla, decirle que aquellos pocos días habían sido... habían sido maravillosos. Besarla en la boca, apoyarle la pistola en la frente... Algo caliente le golpeó en el pecho. Fue como un mazazo. Pero ¿por qué nadie empuñaba un mazo... un mazo?

—Ahhh.

El dolor se extendía como los radios de una rueda desde el pecho a los hombros, los brazos. Cam se deslizó por la pared. Bajó la vista, se tocó el pecho y vio sus dedos manchados de rojo.

El sonido de los disparos se fue apagando. Una bota le golpeó la pierna. Alzó los ojos y vio a un hombre de pie a su lado. Era difícil verlo claramente, las cosas se habían vuelto borrosas, pero reconoció aquel rostro cruel.

—¿Asaad?

—Señor Knight —una sonrisa y otra patada—. Qué alegría volver a verlo.

Cam resopló y trató de agarrar el pie. El sultán soltó una carcajada, apoyó el pie en el pecho de Cam y lo empujó para atrás.

—Me temo que ya no irá a ningún sitio, señor Knight. ¿De verdad pensó que podría escapar de mí?

«Salomé, ¿dónde estaba?». Cam tenía que llegar hasta donde estaba ella.

—¿Busca a alguien? Claro, busca a mi chica del harén.

Cam luchó por respirar.

—No es suya —dijo sin resuello—. Nunca...

Asaad miró hacia un lado y gritó una orden. Se acercó uno de sus hombres arrastrando algo, alguien, detrás de él. Los ojos de Cam se llenaron de lágrimas. Era su Salomé. Llevaba una soga alrededor del cuello y las manos atadas. Tenía la cara sucia y magullada y lloraba.

—Cam —gimió—. Oh, Cam.

Asaad miró, sonriendo. La dejó acercarse a unos pocos centímetros de Cam, después, aún sonriendo, la agarró del pelo y tiró de ella hacia atrás.

—Lo único que siento es que no vivirá para verme disfrutar de mi premio, señor Knight. Supongo que tampoco vivirá lo bastante como para firmar ese contrato, pero es casi un lujo tener el privilegio de verlo...

Cam levantó su pistola. Los ojos del sultán se abrieron desmesuradamente del susto.

–Bang –susurró Cam, y apretó el gatillo.

Un agujero perfecto apareció en la frente de Asaad, y se desplomó en el suelo sin vida.

Uno de los hombres del sultán lanzó un grito salvaje. Cam miró a Salomé. «Ahora», se dijo, «ahora». Quedaba una bala, una bala para librarla de la agonía, pero no era capaz, no podía...

Un enorme pájaro bajó del cielo, un Blackhawk pintado de camuflaje para el desierto. Se escucharon disparos. Los hombres de Asaad corrieron. Demasiado tarde. Eran objetivos fáciles.

Después se hizo el silencio. Cam hizo un esfuerzo para levantar la cabeza. Trató de pronunciar el nombre de su bailarina dorada y de acercarse a ella.

–¿Cameron? Cameron, maldito, ¿podemos echarte un vistazo un minuto?

Cam parpadeó. Su visión se estaba haciendo más borrosa, pero hubiera jurado que la persona que se inclinaba sobre él era su hermano.

–Maldita sea, Cam, mantén los ojos abiertos. No cierres los ojos. ¿Me oyes? Como te mueras no te lo perdonaremos jamás –dijo Matt con voz áspera y manos delicadas.

–Levántale la cabeza –dijo Alex.

–Salomé –musitó Cam.

–¿Qué? –dijo Matt, inclinando la cabeza sobre él.

–Salomé. Mi bailarina dorada...

Y se sumergió en un mar de oscuridad.

Ruido. Luces. Dolor. Un dolor punzante con cada latido del corazón.

«Salomé».

«Salomé».

Y de nuevo la oscuridad. Voces. Algunas conocidas, otras no.

—No muy bien.

—... lo mejor que podemos, pero...

—... importante pérdida de sangre.

—... joven. Fuerte. No prometo nada, pero...

Y siempre, siempre un único nombre en la cabeza: «Salomé».

Y entonces, una mañana, Cameron abrió los ojos. Estaba en una habitación blanca. Unas luces dibujaban un trazo irregular en un monitor; algo emitía un pitido con un ritmo fastidioso. Tubos de plástico en los brazos y un mastodonte encima del pecho. Cam gruñó. No podía estar muerto. Incluso si creyera en el cielo o en el infierno, tenía claro que no podía ser algo como aquello.

La buena noticia era que estaba en la habitación de un hospital. La mala era que ninguna de las caras que veía a su alrededor era la de Salomé.

—Hola, hermano.

Cam giró la cabeza menos de un centímetro. Alex esbozó una tímida sonrisa.

—Me alegro de que hayas decidido quedarte con nosotros.

Cam trató de responder, pero tuvo la sensación de tener la garganta llena de arena del desierto.

—Quiere agua —dijo alguien más. Era Matt—. Me alegro de verte.

—Hielo picado —dijo otra voz con autoridad—. La enfermera ha dicho que nada de agua.

Cam parpadeó mientras su padre le pasaba la mano por la nuca, le ayudó a incorporarse y le acercó un vaso de papel lleno de hielo picado.

¿Su viejo? ¿Inclinado sobre él con los ojos húmedos? A lo mejor sí estaba muerto. Pero el hielo era real y estaba maravillosamente húmedo. Su padre sonrió.

–Bienvenido a casa, hijo. Es estupendo que hayas vuelto.

–Sí –dijo con voz áspera–, es bueno haber vuelto –respiró hondo, y trató de no retorcerse al sentir un súbito pinchazo de dolor en el pecho–. ¿Salomé?

Su padre frunció el ceño. Sus hermanos se miraron.

–¿Quién?

–Salomé –dijo con impaciencia–. Mi bailarina dorada.

–Ah, la mujer –dijo Alex–. Está bien. Ni una herida.

–Quiero verla –dijo, cerrando los ojos.

Otra mirada entre sus hermanos.

–Claro –dijo Matt–. Pronto, cuando te pongas mejor.

–Quiero verla ahora –dijo Cam, y la habitación empezó a girar.

–Cameron –dijo su padre, pero la voz parecía venir desde muy lejos.

De nuevo se sumergió en la oscuridad.

Se despertó un par de veces más, pero siempre era lo mismo. Sus hermanos, su padre. Médicos enfermeras, máquinas. Nada de Salomé.

Y entonces, por fin salió de las oscuras profundidades, abrió los ojos y supo que estaba mejor. El mastodonte del pecho había sido reemplazado por un elefante. Sólo un tubo en el brazo y las máquinas habían desaparecido. Miró a su alrededor. Sus hermanos estaban en dos sillas.

–Eh –dijo.

Lo que le salió pareció el croar de una rana, pero

lo habían oído. Saltaron de las sillas y corrieron a su lado.

—Eh, tú —dijo Matt.

—¿Cuánto tiempo?

—Dos semanas —respondió Alex.

Dos semanas. ¡Dos semanas!

—¿Salomé?

—¿Qué pasa con esa Salomé? —preguntó Matt.

—Quiero verla.

Sus hermanos intercambiaron una mirada rápida.

—Bueno —dijo Matt con cautela—, cuando seas capaz de ponerte de pie seguro que...

—¿No está aquí?

—No —dijo Alex.

¿Había soñado que sus hermanos le habían dicho que estaba a salvo? Cam se incorporó.

—¿No la llevasteis conmigo? No la dejaríais...

—Tranquilo, hombre. Claro que la sacamos de allí. Nos la llevamos en el helicóptero —Alex agarró la mano de Cam—. Aterrizamos en el USS Sentry. Tu vida pendía de un hilo. Necesitabas atención médica rápidamente.

—¿Qué pasó con Salomé?

—El helicóptero la llevó a Dubai.

—¿Y?

—Y... —Alex suspiró— después de eso no sé nada.

—¿Qué quieres decir?

—Quiere decir —dijo Matt con cuidado— que no sabemos nada. Estuvimos a tu lado en el Sentry mientras te atendían los médicos. Cuando te estabilizaron te trasladamos en avión.

—¿Nunca os preocupasteis de saber qué tal estaba Salomé en Dubai?

—No —dijo Alex sin rodeos—. No se nos ocurrió. Estábamos demasiado ocupados en evitar que hicieras alguna tontería, como morirte.

Cam miró a sus hermanos. Sus ojos reflejaban por lo que habían pasado las últimas semanas.

–Sí –dijo con suavidad–. Muy bien –se las arregló para sonreír–. Ninguno de nosotros debe separarse de los otros, supongo.

–Claro que sí –dijo Matt–. Incluso el viejo ha estado pegado a tu lado.

–Sí –dijo Cam voz ronca–. Gracias por todo –hizo una pausa–. ¿Y Asaad? ¿De verdad me lo cargué?

–El malnacido ya es historia. Y tú también lo serías si no hubiera sido por la llamada del móvil. Nos dio la suficiente información como para localizarte.

–Y salvarme la vida.

–Sí. Nosotros y algunos colegas de los viejos tiempos te salvamos y no pienses que vamos a dejar que lo olvides.

Los hermanos se sonrieron entre sí. Cam se pasó la lengua por los labios.

–Salomé ha llamado, ¿verdad? –hubo un silencio incómodo–. ¿Os ha llamado para saber cómo estaba?

–En realidad... en realidad, no. A mí no –dijo Alex–. ¿Matt? ¿Tú sabes algo?

–Lo siento. No se ha puesto en contacto con nosotros.

–Pero... pero...

Pero ¿por qué no llamaba? Había dicho cosas para hacerle daño. O... o a lo mejor no podía llamar. A lo mejor ni siquiera había llegado a Dubai.

–¿Cam?

–Sí –Cam se aclaró la garganta–. Tengo que averiguar qué le ha pasado.

–De acuerdo –Matt buscó un lápiz y un cuaderno–. Dame su nombre y dirección y yo...

–No los sé.

–Sólo su nombre, entonces, y la ciudad... ¿Qué?

–Te lo he dicho, no lo sé.

–¿La ciudad?

–Nada. Ni dónde vive, ni de dónde es –apretó la mandíbula–. Ni siquiera sé su nombre.

Sus hermanos lo miraron como si hubiera perdido la cabeza. No se lo podía reprochar a ninguno de los dos. ¿Cómo podía haber pasado esos días y esas noches con Salomé y no haberle preguntado ni una vez cómo se llamaba?

–¿No se llama Salomé? –preguntó Alex.

Cam soltó una carcajada amarga.

–Eso se me ocurrió a mí.

–¿No sabes el nombre de esa monada? –dijo Matt con el ceño fruncido.

–No la llames así –dijo Cam en tono serio.

–¿Cómo se supone que la tengo que llamar, Salomé?

–No –dijo Cam, cortante–. Soy el único que puede llamarla... –se quedó callado–. Tengo que encontrarla –dijo, y por la forma en que lo hizo, sus hermanos supieron que era así.

Salomé se había esfumado. Era como si sólo hubiera existido en los sueños de Cam.

Pidió tener un teléfono en la habitación. Los médicos hicieron objeciones, necesitaba descansar. Cam sabía mejor que ellos lo que necesitaba, y cuando las enfermeras se lo encontraron buscando un teléfono público por el pasillo, los médicos se rindieron y aceptaron.

Llamó al consulado en Dubai. El cónsul estaba de vacaciones y la telefonista le dijo que estaría encantada de ayudarle, pero que no era consciente de la cantidad de ciudadanos que entraban y salían de la embajada cada semana.

–La cuestión es, señor... –miles de kilómetros les

separaban, pero Cam casi pudo ver cómo la telefonista
levantaba las cejas–. Si supiera el nombre de la señorita...

–No, no lo sé –dijo Cam.

–¿Sabe seguro que vino a la embajada?

Cam tenía que admitir que no. Salomé no tenía pa-
saporte, pero eso no significaba que necesariamente
hubiera ido a la embajada. Tampoco sabía el nombre
de la compañía de danza, ni dónde la habían raptado.
¡Maldición, no sabía nada de nada!

«Te amo», había dicho ella. Sí, pero si lo amara,
habría ido a buscarlo. Llamado. Ella sí sabía su nombre, sabía que era de Dallas. Podría haberlo encontrado en un momento, ¿por qué no lo había hecho?

«Porque tenías razón», le decía una voz interior,
«sólo era el sexo lo que le interesaba, no tú».

Cam apretó el puño y miró al techo de la habitación. Si eso era cierto, estaba bien, pero le había salvado la vida, ¿ni siquiera le interesaba saber si estaba
vivo o muerto?

«No te debe nada, Knight», decía la voz interior
con frialdad.

¿Cómo que no? Tenía derecho a verla una última
vez, a oírle decir que lo que había pensado que sentía
por él se había evaporado en cuanto había estado a
salvo. Así podría olvidarla.

Los médicos dijeron que tendría que estar ingresa-
do otras dos semanas. Tenía que recuperar las fuerzas.
Comer las papillas que le daban, levantarse con ayuda
de un asistente y caminar por el pasillo un cuarto de
hora tres veces al día. Después, podría irse a casa, al
principio con Matt o Alex, o con su padre.

–Bien –había dicho Cam, pero había hecho sus
propios planes.

Encargó fuera la comida: filetes, pasta. Se levantaba él solo cada hora y caminaba veinte minutos, des-

pués cuarenta y después se mantenía de pie. Un día
después preguntó por su ropa y cambió la amable pregunta por una exigencia cuando una enfermera trató
de marearlo con un rollo sobre las normas del hospital
y la ropa.

Estaba de pie frente a la ventana con vaqueros, botas y una sudadera cuando el especialista de pulmón
que lo había tratado y el cirujano que le había extraído
la bala, que no le había atravesado el corazón por menos de medio centímetro, aparecieron.

—Estar de pie y vestido me hace sentirme como
una persona —dijo.

Después, esa misma tarde, Cam se revisó entero en
el piso de Turtle Creek que llamaba su hogar. Estaba
perdiendo un tiempo precioso. Cuanto más tarde empezara a buscar a Salomé, más tiempo le costaría encontrarla. Estaba autorizado para preguntar, maldición, e iba a hacerlo.

Voló a Dubai pero no averiguó nada. Volvió a casa
de peor humor que se había ido, enfadado con el mundo, con Salomé, con él mismo. Contactó con el detective privado que a veces trabajaba para su empresa y
le contó lo que sabía. Salomé era bailarina. ¿De qué
clase? Recordó sus conversaciones: había hablado de
Las Vegas, de aquella danza. El detective asintió y
apuntó en su libreta. Ah, y tenía tres hermanos que
eran policías. El detective volvió a asentir como si eso
fuera realmente información útil.

—Una foto ayudaría —dijo el detective, y lo arregló
para que Cam quedara con una mujer que hacía dibu-
jos para la policía.

Tres horas más tarde, tenían una imagen aceptable
de Salomé. El detective repartió un centenar de copias
por Las Vegas. Cam dio un paso más. Fue de hotel en

hotel, de club en club. Nada. Nadie reconocía el dibujo, nadie la conocía. De vuelta en Dallas, un viernes por la noche, sus hermanos lo llevaron a rastras al bar que frecuentaban. Sabía que querían hablarle, así que les dejó. Matt y Alex le dieron mil vueltas a la cuestión de por qué Cam buscaba con tanta desesperación a una mujer de la que ni siquiera conocía el nombre y que no había hecho nada por verlo a él, pero, al final, Matt planteó la pregunta.

–Bueno –dijo con cuidado–, ¿es importante para ti? La mujer. Quiero decir...

–Quiero saber qué le ha pasado –dijo Cam, entornando los ojos–. ¿Algún problema?

–No –dijo Matt rápidamente.

–Sí –dijo Cam, dejando escapar un suspiro–. Lo siento, sólo estoy...

–Nervioso –dijo Alex–. Cualquiera lo estaría después de todo lo que ha pasado –se aclaró la garganta–. Lo que no entiendo –dijo con precaución– es cómo un hombre se lía con una ricu... con una mujer y ni siquiera se entera de cómo se llama.

Cam pensó en decirle que no era asunto suyo, pero sabía que sus hermanos tenían buenas intenciones. Lo querían. Estaban tratando de averiguar lo que estaba pasando. Lo mismo que él.

–Era una situación de vida o muerte. Le puse un mote y se lo quedó.

–Salomé –dijo Alex, lanzando una mirada a Matt.

–Como la bailarina que consiguió que le llevaran la cabeza de un tipo en una bandeja –dijo Matt.

–Lo que hubiera podido hacer sin ningún problema porque a ti te sedujo.

–Si quieres decir algo, dilo.

–Tranquilo, tío. Te queremos, eso es todo. Estamos preocupados por ti. Te han pegado un tiro, casi te mueres...

–¿Qué quieres saber? –dijo Cam, tratando de aclarar las cosas, pero los tres se echaron a reír.

–Sólo lo que tú ya sabes –dijo Alex–. Huyendo, vida o muerte... Eso suele exagerar las cosas, ¿verdad?

Cam asintió, levantó su cerveza pero volvió a bajarla.

–Se lo dije a ella.

–Bien. Quiero decir que me alegro de que lo entendieras, porque... –dijo Alex.

–Claro que lo entendí. Fue ella la que no –afirmó Cam.

Su hermano respiró con alivio.

–No sabes cómo me alegro de oírte decir eso –dijo Matt–, porque por un momento he...

Cam golpeó con el puño en la mesa.

–¡Me mintió! Dijo que me amaba.

–Sí –dijo Alex con cautela–, pero como acabas de decir...

–Nadie me miente y se va tranquilamente.

Sus hermanos intercambiaron una mirada de desconcierto. Cam acababa de decir que esa mujer a la que llamaba Salomé en realidad no lo amaba. Después había dicho que no iba a dejar que se fuera tranquilamente sin amarlo. Ninguno de los dos era tan idiota para señalar la incongruencia. Como hombres sabios que eran, terminaron las bebidas en silencio.

Avery llamó una triste tarde de domingo.

–¿Cómo estás, hijo?

Cam todavía no estaba acostumbrado al nuevo tono en la piel de su padre, pero le gustaba.

–Estoy bien, papá –también le gustaba eso, pensar en Avery como en «papá».

–No te he visto mucho últimamente.

–No, bueno, he estado ocupado.

–Tengo que ir a una de esas cosas benéficas esta noche y tenía la esperanza de que me acompañaras.

–Gracias, papá, pero...

–Pensaba que podríamos pasar un rato juntos –Avery rió de manera forzada–. Es un recital artístico, Cameron. No me puedo librar, pero tampoco me imagino cómo voy a hacer para aguantarlo. Contigo, ya sabes, dos ignorantes de la cultura juntos, me imaginaba que sería más soportable –hizo una pausa–. A tu madre –dijo con una risita– solían gustarle estas historias.

Cam aguantó la respiración. No podía recordar a su padre hablando de su madre antes.

–¿Le gustaban? –preguntó con cuidado.

–Ella es la razón por la que empecé a apoyar estas cosas. El Consejo de las Artes. El teatro. El museo –Avery se aclaró la garganta–. No sé por qué, pero he estado pensando mucho en tu madre las últimas semanas. Lo orgullosa que estaría de ver cómo habéis crecido los tres.

–Sí –dijo Cam–. Nosotros... yo... también pienso en ella.

–La quería tanto, Cameron –la voz de su padre se enronqueció–. Tanto que muchas veces tenía miedo de demostrarlo. Sé que parece una locura, pero...

Sin quererlo, una imagen de Salomé tumbada debajo de él, con los ojos azules oscurecidos por la pasión, brilló en la mente de Cam. La alejó justo cuando su padre volvía a hablar.

–Bueno –dijo Avery bruscamente –. ¿Qué te parece lo de esta noche? Si no te apetece...

–Me apetece, papá.

–Estupendo, hijo. Te recogeré a las seis y media.

Cam se afeitó, se duchó, se puso el esmoquin y se dijo que salir esa noche era una gran idea. Así no pensaría en Salomé. Se había marchado, salido de su vida y no podía preocuparle menos.

Sus asientos en el barroco Music Hall estaban en la cuarta fila, centrados. Ambos abrieron sus programas.

—Una noche con las artes —leyó su padre en voz alta, y suspiró—. Va a ser interminable, Cameron. Un poco de esto, un poco de aquello, nada bueno. Discursos. Presentaciones. Una soprano aullando, un coro infantil tratando de parecer ángeles. Un guitarrista flamenco y, señor, un número de ballet. Gracias por venir, hijo. Te estaré eternamente agradecido. Cam asintió. De alguna manera, su padre y él soportaron la primera mitad. Fueron a beber algo durante el intermedio, saludaron a mucha gente y, cuando las luces parpadearon, volvieron a su sitio.

Cam se sentó al lado de su padre. Sofocó un bostezo mientras una señora con sobrepeso trinaba con un tipo también con sobrepeso y tupé. Cambió de postura mientras otro tipo echaba a perder lo que podría haber sido un gran número de guitarra tratando de parecer oscuro y misterioso.

Un aplauso amable para el guitarrista. Movimientos, toses y el telón volvió a levantarse. Cam cruzó los brazos y vio cómo un grupo de bailarinas bailaba en el escenario.

—Tengo que admitir que están bien —susurró su padre.

Y Cam casi saltó de su asiento porque la última bailarina en salir de puntillas de entre las bambalina era Salomé.

Capítulo 12

DEBÍA de haber hecho algo. A lo mejor se había empezado a levantar. Algo, porque su padre le agarró del brazo y dijo en voz baja:

—Cameron.

Cam volvió a sentarse mirando fijamente al escenario donde una docena de bailarinas giraban gráciles en círculos. Sólo tenía ojos para una. Tenía el pelo recogido en un moño. Llevaba una cosa blanca... ¿cómo se llamaba? Tutú. En los tobillos se cruzaban las cintas de las zapatillas.

Pensó que el corazón se le saldría por la boca. Mirarla era como un sueño. Casi podía saborear la dulzura de la suave piel que había debajo del moño; ver la perfección de los pechos ocultos bajo el recatado encaje blanco; escuchar el sonido de su nombre en los labios de ella.

Oh, sí, era su bailarina. El envoltorio había cambiado, pero era Salomé, cruzando el escenario y levantando los brazos como lo había hecho para él aquella noche a la luz de la luna. La música era rápida y brillante. Un vals. Un, dos, tres, un, dos, tres. Su pulso latía al mismo ritmo.

«Mírame», quería decir. «Salomé, mírame».

Pero sus ojos estaban tristes. No miraría. No podía mirar. Las Vegas, había dicho. Claqué. Nunca había mencionado el ballet o a lo mejor sí, pero sólo de pasada. Empezó a sonreír. Desde esa noche, amaría el ballet. Se la había llevado hasta él. Estaba ahí y estaba bien...

Estaba en su ciudad. Cameron se puso tenso. Su ciudad, y no había ido a verlo. Ni llamado. Sabía que vivía en Dallas. Sabía su nombre y no había tratado de averiguar si estaba vivo.

—¿Cameron?

Su padre lo miró con cara de preocupación. Cam pensó que tendría el aspecto de alguien que le ha dado un infarto. Estaba sentado rígido en su asiento con los puños apretados sobre su regazo.

—Hijo, ¿te pasa algo? ¿Te encuentras mal?

Estaba claro, había sido la excitación. El peligro. No lo había amado, no le importaba nada...

Y eso estaba bien. Tampoco a él le importaba nada. Pero estaba furioso. Todas esas semanas que se había preocupado por lo que pudiera haberle sucedido a ella.

—¿Hijo?

—Estoy bien, papá, sólo necesito... sólo necesito un poco de aire fresco, eso es todo.

Avery empezó a levantarse, pero Cam lo retuvo en el asiento.

—Quédate hasta el final. Nos vemos fuera.

Cameron se puso de pie. Recorrió el camino hasta el escenario, se detuvo cuando llegó, miró la tarima, pero ella estaba dada la vuelta con los ojos fijos en el suelo mientras giraba hacia las bambalinas. Al diablo con ella, pensó con frialdad, y se dirigió a la entrada.

Se fue a cenar con Avery. Charlaron un rato. Hizo todo lo que pudo para convencer al viejo de que estaba bien y que no hacía falta llamar al médico. Cuando pensó que había pasado tiempo suficiente, alegó mucho trabajo a la mañana siguiente y se marchó a casa. Pasó la primera mitad de la noche paseando por el piso, y la segunda, tumbado en la cama mirando al techo.

—Olvídate —dijo en medio del silencio—. No te ha buscado, no te ha llamado, ¿y qué?

En realidad era una suerte. Mejor saber que lo había olvidado en un abrir y cerrar de ojos, que haberse encontrado intentando deshacerse de una bailarina enamorada.

Fue a la oficina por la mañana, gruñó a su secretaria, a sus hermanos y, finalmente, agarró su chaqueta, dijo que tenía un compromiso y se marchó. Se metió en su Porsche, arrancó el motor y salió de la ciudad. Condujo sin destino hasta que se detuvo a la sombra de unos álamos, salió del coche y caminó por un sendero que le llevó hasta un lago.

¿Qué clase de mujer era para entregarse a un hombre, gritar entre sus brazos, hacerle creer que era todo lo que quería en el mundo, incluso decir que lo amaba cuando todo eran mentiras?

«La adrenalina, ¿recuerdas? Eso es lo que era. Además tú le diste a ella una dosis de realidad: lo nuestro ha sido sexo. Sexo, no lo confundas con el amor», se dijo.

Dio una patada a una piedra. Muy bien, nunca lo había amado. Demonios, él nunca había creído que lo hiciera. Pero le había salvado la vida...

«¿Otra vez con lo mismo? Eres patético. Además, la vida que salvaste fue la tuya. Ella sólo estaba allí contigo».

No. No era cierto. Al final su propia vida no le había importado. Sólo le importaba la de ella.

Cam sacó el móvil del bolsillo. Como siempre, aquel miserable aparato no funcionaba, pero esa vez sólo tuvo que volver a la carretera para que luciera tanto como Broadway por la noche.

Marcó el número del detective. Le dijo lo que quería. El nombre de una bailarina de la compañía que había actuado en el Music Hall.

¿Podía el señor Knight reducir un poco más la búsqueda?, preguntó el detective. Tenía el dibujo que la artista de la policía había hecho, pero... Un día antes, Cameron hubiera descrito a Salomé como la mujer más bella del mundo, y sin embargo las cosas habían cambiado.

–Es fácil de identificar –dijo al detective–. Es la única rubia. Y quiero saber dónde puedo encontrarla. Tiene que alojarse en algún sitio. Quiero su nombre.

–Muy bien, señor Knight. ¿Cuándo quiere esa información, señor?

Cam entornó los ojos. ¿No decía algo el programa de una gira limitada? Por lo que sabía, aquélla podía ser la última noche de Salomé en Dallas.

–Lo necesito hace una hora –dijo, cortante.

El auditorio seguía aplaudiendo. El cuerpo de ballet seguía en el escenario, pero Leanna se escabulló a los camerinos. No podía esperar para vestirse con ropa de calle y volver al hotel. Una noche más y Dallas quedaría atrás. Le temblaban las manos mientras se quitaba las horquillas y se soltaba el pelo. La semana había sido horrible, todo el tiempo pensando en Cam, viendo su rostro en cada sombra. Y la última noche, la última noche había estado segura de que estaba en el teatro. Una locura, claro, pero había sentido su presencia. Había sentido que la estaba mirando. A penas había podido levantar la cabeza. La compañía hacía sólo un breve aparición en ese espectáculo bailando una pieza de *El lago de los cisnes*.

–Ojos bajos –les había dicho Nicolai.

Durante el ensayo, cuando una de las chicas había levantado la vista, había dado un zapatazo y había gritado que parecían vacas y que, si volvía a ocurrir, ensayarían hasta que cayeran desmayadas. Habían estado todas a punto de caer redondas, especialmente Leanna, gracias a su estancia en el hospital por la infección en el pie. Con dificultad había conseguido mantener la mirada baja mientras bailaba; además, si hubiera levantado la mirada y visto a Cam entre el auditorio, probablemente habría... habría... La verdad era que no sabía qué habría hecho. Casi había perdido la cabeza cuando había visto la gira de la compañía.

–¿Dallas? –había dicho a Ginny, con quien compartía habitación durante la gira–. ¿Dallas?

–Hum –había replicado Ginny–. Un cambio de planes del último minuto.

–No –había dicho Leanna, intentando parecer tranquila–. No puedo ir a Dallas.

–Oh, es una gran ciudad –había dicho Ginny–. Montones de restaurantes, buenas tiendas y unos hombres...

–No puedo ir –había repetido Leanna.

Ginny había levantado las cejas y preguntado:

–¿Cuál es el problema?

¿Qué podía haber dicho ella que no sacara todo a la luz? Nadie sabía nada de lo suyo con Cam. Nadie tenía que saberlo. Había murmurado cualquier excusa estúpida sobre haber estado en Texas antes y odiar el calor y las cejas de Ginny se habían vuelto a levantar.

–Es invierno, Lee. Seguro que hace frío en Dallas.

–Oh –había respondido Leanna–. Sí, claro.

Así que había ido a Dallas. ¿Qué otra elección le quedaba? Necesitaba el trabajo. Seguía sorprendida de que la compañía le hubiera guardado el puesto después de todo el tiempo que había estado fuera, primero por el secuestro y después por la enfermedad.

Había ido a Dallas y pasado una semana infernal. «Cam», pensaba, «Cam está aquí».

¿Cuántas veces había estado a punto de hacer una tontería? Demasiadas para contarlas. Había buscado su nombre en la guía. La dirección de su casa no estaba, pero sí la de su empresa. Se había subido a un taxi e ido a esa dirección, se había quedado de pie, mirando la torre de cristal y acero mientras se le ocurrían todas las razones por las que sería lógico entrar y pedir ver a Cameron Knight. Después de todo, le había salvado la vida.

«Gracias», hubiera dicho. «Ah, y por cierto, tenías razón; todo el asunto ése al otro lado del mundo sólo fue una tontería». No lo había hecho. Todavía le quedaba algo de orgullo.

Al menos la semana de tormento se había terminado. Por la mañana, se subiría al autobús, cerraría los ojos y, cuando volviera a abrirlos, Dallas sería sólo un recuerdo. Lo mismo que Cam.

Leanna sumergió los dedos en un tarro de crema limpiadora y la extendió por la cara. No tenía sentido pensar en él. Estaba de vuelta en el mundo real lo mismo que él, y aunque había soñado miles de veces con que él la llamaba, ¿por qué iba a hacerlo? Le había dejado brutalmente claro que su relación no significaba nada para él. Sabía que había sido deliberadamente directo para que ella obedeciera sus órdenes, pero la esencia de lo que le había dicho era la pura verdad. Lo que había pasado entre ellos había sido un cuento de hadas, y los cuentos de hadas nunca terminaban.

Estaba sudada y exhausta. Los músculos le ardían, e incluso antes de desabrocharse las zapatillas sabía que habría sangre en ellas. Era una de las cosas que pasaban cuando bailabas en *pointe*. Normalmente no le prestaba mucha atención, pero después de lo que le había pasado hacía unas semanas, sabía bastante de precauciones.

Se había desmayado en el helicóptero que la lleva-

ba a Dubai. Un momento estaba llorando, diciendo in-
coherencias sobre que le dejaran irse con Cam, y al siguiente todo se volvió gris. Volvió en sí días después
en una cama de hospital con antibióticos intravenosos,
una infección en el pie izquierdo y una fiebre tan alta,
que estaba inconsciente la mitad del tiempo. Cuando
finalmente despertó, lo primero que oyó fue la voz del
médico diciendo que había tenido mucha suerte, que
un par de días más sin antibióticos y hubiera perdido
el pie, incluso la vida.

Lo primero que dijo fue una pregunta sobre Cam:

—¿Está vivo? —había murmurado.

Cómo se encogió de hombros el médico, fue muy
elocuente. No sabía nada de nadie llamado Cam. Nadie sabía de quién estaba hablando. No tenía teléfono.

—Nada de estrés —le habían dicho las enfermeras,
pero había sobornado a un auxiliar y había conseguido
un móvil.

Llamó a la embajada; había conseguido mantener
una conversación rápida con el cónsul.

Estaba impaciente, se iba de vacaciones, le dijo.
Leanna rogó y organizó un lío tan patético, que finalmente accedió a informarse de qué le había pasado a
un hombre llamado Cameron Knight.

Una hora después le devolvió la llamada y le dijo
que estaba vivo, que lo habían trasladado en avión y
estaba en Dallas, y que no podía contarle mucho más.
Leanna llamó a información de Dallas, consiguió el
número de una lista interminable de hospitales y al final dio con el que estaba. Sí, tenían un paciente llamado Cameron Knight. Su estado era grave pero estable.
No, no podían decirle nada más. Llamó todos los días
y oyó cómo el estado de Cam había pasado de estable
a satisfactorio. Siguió llamando cuando a ella le dieron
el alta. Desde París, donde tuvo un lacrimoso reen-
cuentro con la compañía de danza. Desde Londres y

desde Seattle después de volver a bailar. Y un día, la operadora con la que había hablado casi todos los días, le dijo:

—El señor Knight ha sido dado de alta, ya está bien —después había bajado la voz y había dicho—: Sabe, querida, podría saber más de él llamando a la familia Knight directamente.

¿Contactar con la familia Knight? ¿Y qué decía? ¿Que se había acostado con Cam? ¿Que se había vuelto loca creyendo que estaba enamorada de él? Porque él tenía razón, no había sido amor, había sido sólo un capricho.

La puerta del camerino se abrió, y el resto de las chicas entró riendo y hablando.

—Lee, te lo has perdido —dijo Ginny, dejándose caer en el taburete de al lado de Leanna—. ¡Hemos salido a saludar tres veces!

Leanna se quitó el tutú y se puso unos vaqueros y un suéter.

—Lo sé, he oído los aplausos.

—Además ha sucedido algo de lo más sorprendente —Ginny se acercó con los ojos brillantes de emoción—. ¡Un periodista quiere conocerme!

—Gin, eso es fantástico.

—¿Verdad? Dice que está haciendo un reportaje sobre profesiones poco habituales para la sección dominical de un periódico. No sé cómo he tenido tanta suerte, me refiero a que me haya elegido a mí, pero estoy emocionada.

—¿Cuándo es la entrevista? Nos vamos mañana...

—Me ha dicho que cenemos en... —Ginny miró un enorme reloj que había en la pared—, ¡en diez minutos!

—Pues harías mejor en darte prisa —dijo Leanna, recogiéndose el pelo en una coleta.

Ginny se miró al espejo mientras se echaba crema en la cara.

–Nos vemos luego en el bar del hotel. Va a ir todo el mundo. Ya sabes, lo típico de la última noche en una ciudad.

–Voy a pasar.

–¡Oh, Lee! Venga, cariño. Tienes que salir –Ginny miró a Leanna a través del espejo–. Ya sé que has pasado por algo que ha debido de ser horrible, que te secuestraran y después el hospital, pero tienes que reponerte.

Leanna lo sabía. No había vuelto a hacer nada excepto bailar. Las chicas que habían sido raptadas con ella habían sido halladas por la policía local casi inmediatamente. Leanna sólo había contado que había sido vendida al sultán de Baslaam y rescatada por un estadounidense que estaba allí por negocios. Más o menos, lo que realmente había ocurrido.

–Tienes razón, Gin, pero esta noche estoy machacada.

–¿Tu pie?

–Ajá –dijo Leanna, era más fácil eso que reconocer la verdad.

Amaba a Cam. Era un hombre valiente y sin corazón... pero lo amaría siempre.

Cuanto antes de marchara de Dallas, mejor.

Cam estaba dentro de su coche aparcado delante del hotel donde se alojaba la compañía de baile. Había pasado allí bastante tiempo esperando la llamada del detective. Cuanto más esperaba, más claro tenía que quería hacer eso. Miró el reloj.

–Venga –murmuró–. ¿Por qué tarda tanto?

Tenía el estómago hecho un nudo. Sólo podía pensar en que iba a encontrarse con una desconocida llamada Leanna. Leanna DeMarco. Ése era su nombre. Nacida en Boston, vivía en Manhattan, el ballet era su vida y llevaba de tour con su compañía los últimos seis meses.

El detective había llamado al final de la tarde con toda esa información. Hasta el número de la habitación del hotel. Había añadido que compartía el cuarto con alguien.

Por un momento el mundo se había vuelto oscuro.

—Otra bailarina de la compañía —había dicho el detective—. Virginia Adams. Parecía que eran buenas amigas.

Cam había respirado, aliviado. Otra chica. Bien, aunque suponía un problema logístico no era irresoluble. Media hora y a Cam se le había ocurrido el modo de resolverlo. Rich Williams, un tipo que jugaba con él al fútbol en la universidad y que trabajaba en el Dallas Register.

Una llamada. El clásico «¿cómo te va?» y «¿te acuerdas cuando…?». Y finalmente una petición.

—¿Quieres que entreviste a una bailarina de la compañía de danza? —había preguntado Rich.

—Esta noche, después de la actuación.

—Ajá —asintió Rich—. Me estoy acordando de los días en que no necesitabas ayuda para marcar.

—Muy gracioso —había replicado seco.

—Bueno, tienes suerte. Estoy haciendo un reportaje sobre trabajos poco frecuentes. No será un problema añadir una bailarina a la lista.

—Estupendo. Llévatela a cenar. A mi cargo. Tenla ocupada un par de horas.

—¿Mantenerla...? ¿Quieres decir que la nena a la que voy a entrevistar es en la que tienes puesto el ojo?

—No, es su compañera de cuarto —había dicho Cam, era la verdad, aunque la había decorado de esa complicidad entre colegas que siempre funcionaba—. Ya sabes cómo son las mujeres, viajan por parejas.

Todo estaba arreglado. Entonces, ¿por qué no llamaba el detective? Quería terminar con aquello. Sabía quién era Salomé. No sólo su nombre. Ella. La mujer. Una de las bromas que solían hacer los tres hermanos era que la mayor parte de las mujeres que conocían no se podía decir que fueran reales.

–Quita el maquillaje –solía decir Matt–, las extensiones del pelo, la ropa y ¿qué demonios te queda?

–Una nena desnuda –respondía Alex solemnemente, y los tres reían.

Resultaba que aquella broma ya no le hacía gracia. Lo que quedaba, pensó Cam, sin todo ese frufrú, era una mujer que no existía. Una mujer que se había inventado a sí misma para adaptarse a la situación. Una mujer que había dicho que lo amaba. Menuda mentira.

Su vida era la fantasía. Lo había podido ver la noche anterior. La música. Las actuaciones. Los disfraces. Un día era una virginal princesa y al siguiente una hechicera. Era como una de esas bailarinas de juguete que reviven cuando se abre la caja de música. Y de pronto, sin preparación, se había visto en la obligación de representar el papel de su vida. Una mujer en peligro con un hombre completamente diferente de los hombres de su mundo. Acostarse con él había sido su paseo por el lado salvaje.

Era el momento de pasar página, y la forma de hacerlo era plantar cara a Salomé. Maldición, plantar cara a Leanna. Tenía que recordar quién era realmente.

Había considerado esperarla fuera del teatro, pero después se había dado cuenta de que estaría rodeada de gente. No quería que la última escena de su pequeño drama transcurriera con público. Mejor ir al hotel. Alcanzarla en cuanto llegara. Excepto si iba con alguien. Amigas... o un tipo. A lo mejor, perdida la inocencia, estaba muy ocupada descubriendo la vida. Sólo porque él permaneciera las noches despierto, recordando cómo había sido, no significaba que ella también lo hiciera. El sabor. El sexo que había pasado en un abrir y cerrar de ojos de la ternura dolorosa a la excitación salvaje. Habían pasado semanas y él no había olvidado sus susurros. La sensación de sus manos en su cuerpo. El calor cuando entraba en ella. La forma en que ella temblaba cuando llegaba al orgasmo.

Cam golpeó el volante con el puño. ¿Por qué no sonaba el maldito teléfono?

Al final, había decidido pillarla con la guardia baja. Eso era hacer las cosas como sabía. Vestido con ropa oscura. Utilizando la noche como cobertura. Deslizarse en su cuarto, esperarla, dejarle bien claro que no podía volverlo loco y luego desaparecer.

Sonó el móvil. Cam respiró hondo y atendió la llamada.

—Estoy fuera del teatro —dijo el detective—. La compañera de habitación va hacia el este con un hombre de talla media, poco pelo.

Cam asintió, Rich había hecho su parte.

—¿Y ella?

—Se dirige hacia el oeste, en dirección al hotel.

—¿Sola? —preguntó Cam, apretando la mandíbula.

—Sí.

Perfecto. Cam colgó el teléfono, lo tiró al asiento del acompañante y se acomodó para esperar.

Capítulo 13

LOS planos del hotel estaban en el ayuntamiento. Cameron los había estudiado concienzudamente. La tarde anterior había ido al hotel y lo había revisado por sí mismo.

Jamás hubiera metido a un puñado de bailarinas en un sitio como ése. Ni siquiera estaba seguro de que pudiera llamarse hotel. El edificio era lo que un agente inmobiliario habría llamado victoriano. En realidad era viejo. Si había visto mejores tiempos, debía de haber sido hacía muchos años. La idea de su Salomé sola por la noche en aquella calle...

Bueno, no era su Salomé. No era nada suyo. Y si tenía claro algo de ella era que sabía cuidar de sí misma.

Lo único que le había interesado era averiguar la forma entrar en la habitación de Salomé sin pasar por la puerta principal. Había descubierto que había un callejón en la parte trasera del edificio donde estaban las escaleras de incendio que subían por toda la fachada. La ventana de la habitación de Salomé daba a la escalera. Perfecto para un intruso. Perfecto para él.

Algo se movió en la calle. Cam agarró unos prismáticos que tenía en el asiento. Había considerado la posibilidad de llevarse un sistema de visión nocturna, pero había bastante iluminación en la calle. Se llevó los prismáticos a los ojos, enfocó y sintió golpear el corazón. Sí. Era Salomé, caminando deprisa por la acera. El pelo rubio, el paso orgulloso... era ella.

La vio subir las escaleras de entrada al hotel. Miró
para atrás. Dejó los prismáticos en el asiento y se metió un royo de cuerda bajo la chaqueta. Se cerró la
chaqueta, salió del Porsche y cruzó al trote la calle.
Una mirada rápida para asegurarse de que no había
nadie y se metió en el callejón. Se ocultó entre las
sombras, miró al tercer piso... Se encendió la luz de la
que sabía era su habitación. Cam respiró hondo, lanzó
la cuerda a la escalera de incendios y empezó a subir.

Leanna cerró la puerta de la habitación y miró la
nube de su aliento en el aire frío.

Siempre había pensado que Texas era un lugar cálido. Una tontería, ya lo sabía. Era un estado enorme
con diversidad de climas. En esa época del año en Dallas hacía frío. Parecía incluso más frío en esa vieja
habitación. Ginny y ella habían intentado por todos
los medios conseguir algo más de calor, pero no lo habían conseguido. Sorprendentemente el agua caliente
funcionaba. Un baño caliente era ideal para relajar los
músculos después del duro trabajo en el escenario,
además le sacaría el frío de los huesos.

Se quitó la chaqueta, entró en el baño, abrió el grifo y empezó a desnudarse. Desnuda, se recogió el pelo
y echó gel en la bañera. El gel olía a lavanda. Así que
no tenía por qué recordarle a Cam, pero era exactamente lo que estaba pasando. Pensando en Cam. En
cómo se sentaba entre sus brazos dentro de una bañera
de mármol. Cerró la puerta del baño, acercó una toalla
y se metió en la bañera. Oh, sí. Era maravilloso sentarse y dejar que el calor hiciera su efecto mágico. No
había nada como un baño caliente para relajarse al final de un día de estrés. Nada como un baño caliente
con su amante para convertir un largo día en el prelu-
dio de una noche maravillosa.

«¡Para!», se dijo.

No iba a recorrer ese camino otra vez. Todas esas semanas, diciéndose que Cam llamaría. Que iría a verla. Diciéndose que la amaba, que lo que había dicho el último día no era verdad. Le había costado mucho asumir la realidad y que las cosas no iban a volver a ser como antes. Cam no iba a ir a buscarla. Tampoco iba a llamar. Y que era mejor así. Nunca le había prometido nada. Nunca se había enamorado. Ella sí... Y todavía lo amaba.

Estar allí, donde él vivía y trabajaba, sabiendo que sólo tenía que marcar un número para oír su voz, la estaba matando. Una llamada, sólo una. No tendría que decir nada, excepto a su secretaria, y después escucharía la voz de Cam y añadiría ese recuerdo a los demás.

De pronto el baño pareció enfriarse. Leanna quitó el tapón, salió de la bañera, se envolvió en una toalla demasiado pequeña y abrió la puerta... A la oscuridad.

El corazón le dio un salto. ¿Cómo podía ser? Había dejado la luz de la habitación encendida. Incluso aunque se hubiera aflojado la bombilla, entraría algo de luz por la ventana; tenía siempre cuidado de cerrar bien la ventana, pero nunca echaba las cortinas hasta que Ginny se metía en la cama. La habitación daba a una pared de ladrillos, nadie podía verla, pero algo de luz entraba desde el callejón.

¿Habría vuelto ya Ginny? ¿Habría echado las cortinas? ¿Se habría fundido la bombilla?

¿Podía haber sucedido todo eso a la vez?

–¿Ginny? –dijo Leanna, mitad ruego, mitad pregunta–. ¿Gin? Estás...

Algo se movió entre las sombras. Una figura alta. De hombros anchos. Un hombre. Leanna retrocedió aterrorizada. Una luz iluminó su rostro. Dio un grito y se tapó los ojos con la mano.

–Hola, Salomé –dijo una voz ruda.

–¿Cameron? –Leanna pasó del terror a la emoción en un segundo. ¡Estaba allí! Había ido a buscarla. Susurró su nombre, fue hacia él...

Y se quedó helada cuando el haz de luz bajó por su cuerpo, deteniéndose en sus pechos con insolencia y volviendo luego a la cara. Las preguntas se amontonaron y apagaron la felicidad que había sentido al oír su voz. ¿Cómo había entrado en la habitación? ¿Por qué estaba esperándola en la oscuridad?

–No pareces alegrarte mucho de verme.

–La luz –dijo–. No puedo ver.

El haz de luz iluminó el suelo. Parpadeó intentando acostumbrar la vista a la oscuridad. Ya podía ver a Cam, un contorno de tinta china contra el carbón del fondo desplazándose despacio hacia ella. Se le desbocó el corazón. Había deseado tanto verlo, y estaba ahí, pero ¿qué sabía realmente de él? Le había salvado la vida y le había hecho el amor. Al final, le había roto el corazón. Fuera de eso, era un extraño. Un peligroso extraño. Había trabajado para una agencia del gobierno, había dicho, una tan secreta que no hubiera reconocido las iniciales.

Hasta el aire crujía con la amenaza.

Estaba a poco centímetros. Dio un paso atrás y su espalda se encontró con la pared.

–No –dijo ella, odiándose por el temblor en la voz.

–No qué, Salomé –sus palabras fueron suaves como la seda, pero incluso la seda podía ser un arma mortal en las manos apropiadas–. Sigo esperando a que me digas lo que te alegras de verme.

–No puedo verte –mejor, temblaba de miedo, pero la voz parecía firme–. ¿Cómo has entrado en la habitación?

–La dirección debería hacer algo con esa escalera de incendios –dijo perezosamente–. Y esa ventana no cierra muy bien. ¿Qué tal has estado, nena? Déjame pensar, sé la respuesta: ocupada.

Su voz era dura. Recordó los días que había pasado en el hospital, pero ¿qué le importaba eso al hombre que tenía delante? Su Cameron había sido tierno, ése no conocía el significado de esa palabra.

–Cam –tragó con dificultad–. ¿Por qué... por qué te has colado en mi habitación? Si querías verme todo lo que tenías que hacer era...

–¿Por qué iba a querer verte? –dijo con frialdad–. Pasamos un buen rato, pero se acabó –la agarró de los hombros–. Es así, ¿verdad? Lo que había entre nosotros terminó el día que nos encontraron los hombres de Asaad –ella no respondió–. Respóndeme, maldita sea.

–¿Por qué haces esto? –dijo con los ojos inundados.

–Porque quiero respuestas.

–Cam, por favor, déjalo. Me haces daño.

–No dijiste eso la última vez que te toqué –Leanna se quedó sin respiración cuando dio un tirón de la toalla y le agarró el cuello con una mano–. ¿Recuerdas, Salomé? Más, más, Cameron, eso era lo que decías –rugió–. Más.

Le cubrió los pechos con las manos y le acarició los pezones con los pulgares. Leanna gritó, pero su cuerpo, su cuerpo traidor empezó a derretirse por las caricias.

–No –dijo ella–. Cam, te lo ruego...

–Bien. Ruégame. Eso es lo que quiero esta noche, Salomé –Cam inclinó la cabeza y unió su boca a la de ella separándole los labios. Su sabor le recorrió la sangre–. Sigue, ¡maldita sea! Ruégame. Dime lo que quieres.

Bajó las manos por su vientre, se enredó en sus rizos dorados que cubrían los más íntimos secretos de su cuerpo, secretos que sólo él conocía.

–¿Esto? ¿Esto es lo que quieres de mí? –se inclinó más y le lamió un pezón. Ella hizo un ruidito que lo mismo podía ser de desagrado que de placer. No lo sabía, tampoco le importaba, no le importaba...

Pero sí, le importaba.

–Salomé –susurró, y sus caricias cambiaron, su corazón cambió, sus manos abandonaron el cuello y cubrieron las mejillas–. Salomé –repitió, y según la besaba supo que lo que quería era pasar con ella el resto de su vida.

La amaba. La amaba a ella con el corazón, la mente, el alma.

Le daba miedo... pero lo que realmente le aterrorizaba era que ella no lo amara.

–Cameron –dijo ella con la voz rota–. Por favor, no me hagas esto. Lo que hubo... lo que tuvimos...

–¿Qué tuvimos, Salomé?

–Tú... tú mismo lo dijiste. Fue una fantasía. El peligro, la excitación...

–¿Eso fue todo?

No respondió. Apartó los ojos y rogó que fuera porque lo amaba.

–Salomé, ¿recuerdas lo que dije en el desierto? Te dije que dejaras de pensar –enmarcó su rostro con las manos–. Eso es lo que quiero que hagas ahora, cariño. No pienses, simplemente siente y cuéntame lo que hay en tu corazón –respiró hondo–. Dime que me quieres, Leanna –su voz tornó áspera–. Dime que me amas tanto como yo te amo.

Lo miró fijamente en silencio. Entonces, cuando Cam casi había perdido toda esperanza, hizo un ruido a medio camino entre un gemido y una carcajada.

–Cameron dijo–. Oh, Cameron, mi amado.

El mundo, la rabia, la desilusión que Cam había arrastrado con él la mayor parte de su vida, se esfumó. Abrazó a Leanna y la besó. Tenía el mismo sabor que en sus sueños, dulce como la miel, sabrosa como la crema. Las lágrimas, enjugadas por sus pulgares, eran como lluvia de verano. Y cuando susurró su nombre, supo que la perdonaría por no haberlo buscado, que perdonaría todo con tal de no volverla a perder.

–Salomé –susurró.

La levantó en brazos, su boca en la de ella, la lengua entre sus labios, y la llevó hasta la cama. La depositó con cuidado mientras no dejaba de besarla y se moría por quitarse la ropa y sumergirse dentro de ella.

–No me dejes –rogó–. Cameron, no me dejes nunca.

–Nunca –repitió él con violencia.

Tomó las manos de ella y las besó, se inclinó y la besó en el cuello, besó el camino hasta los pechos, exultante por el aroma mientras se metía los pezones en la boca. Cuando gritó de placer, Cam se quitó la chaqueta, la camisa, la abrazó con fuerza gimiendo de placer al sentir el contacto con su piel desnuda.

–Dime que me has echado de menos –demandó él–, dime que has soñado conmigo haciéndote esto.

–Sí –gimió Leanna–, sí, sí. Te he echado de menos. He soñado contigo, Cam. Ven dentro de mí, por favor. Te quiero dentro. Necesito sentirte, necesito...

Se arqueó contra él mientras Cam deslizaba la mano entre sus muslos. Estaba húmeda y caliente. Sólo para él, lo sabía, y entonces no pudo esperar más, se desabrochó el pantalón, pasó las manos por debajo de ella, la levantó y entró en ella...

El grito de Leanna al alcanzar el clímax atravesó la noche. Se agarró del cuello y se levantó con su cuerpo temblando alrededor de él, las uñas clavadas en su espalda. Cam recorrió el camino del éxtasis con ella, permitiendo que la primera contracción de sus entrañas le llevaran hasta el límite de la locura.

Pronunciando su nombre, Salomé se derrumbó entre las almohadas. Cam echó la cabeza para atrás, gritó y entró con ella en el paraíso.

Leanna había oído que los franceses se referían al orgasmo como *le petit mort*. La pequeña muerte. La frase le había parecido elegante pero imposible. En ese momento, supo que era verdad. Podría haber muerto de placer en los brazos de su amante.

Transcurrieron unos largos segundos. De algún modo, consiguió hacer entrar el aire en los pulmones. Cam rodó a un lado con un brazo todavía alrededor de ella.

—Mi Salomé —dijo con suavidad, besándola en los ojos cerrados.

Su Salomé. Su corazón se derretía cuando la llamaba por ese nombre que sólo les pertenecía a los dos.

—Cam —dijo ella con la misma suavidad—. Me alegro tanto de que tengas razón.

—Tengo mucha razón —dijo, riendo blandamente.

—Sí, oh sí, sí que la tienes. Pero me alegro de que tú... tú...

—¿Te alegras de qué, cariño?

—Estés vivo.

¿Era su imaginación o se había separado un poco de ella?

—Sí, bueno... —se aclaró la garganta— yo también —pasó un segundo, volvió a aclararse la voz—. Si te importaba ¿por qué nunca...?

—Nunca, ¿qué?

—Nunca llamaste —dijo, tratando de disimular cómo se sentía, como un niño que lo había perdido todo porque sin ella así era. Se apoyó en un codo y la miró a la cara en sombras—. No me buscaste, Salomé —dijo con aspereza—. Y te necesitaba. Te anhelaba, pero tú no...

—Llamé —dijo Leanna, tapándole la boca con la mano—. Todos los días, todas las noches. Todo el tiempo que estuviste en el hospital.

—¿Sí?

—Casi perdí la cabeza por no estar contigo. Pero después de lo que me habías dicho, que no me querías...

—Estaba mintiendo, cariño. A ti y a mí. Hubiera dicho cualquier cosa para que te quedaras en la habitación –la besó–. Además tenía miedo de admitir que te amaba.

–Pensé... creí...

–¿Es por eso que no viniste a verme cuando estaba en el hospital?

–No podía ir –dudó–. Estaba enferma, Cam.

–¿Enferma? –se calló y la atrajo hacia él. Leanna pudo sentir la ligera aceleración de su corazón–. ¿Qué pasó? ¿Por qué me lo ocultaste?

–Una infección en el pie. No podía decírtelo, quiero decir, al principio estaba demasiado enferma y después, cuando estaba mejor... –un sollozo hizo que se detuviera–, sabía que tú no me querías.

La besó y casi podía sentir el amor fluyendo de su corazón al de ella.

–Te quería todo el tiempo, Salomé. Esas interminables semanas en el hospital... Tú eras en lo único en que pensaba.

–Entonces... entonces, por qué... –las lágrimas inundaron sus ojos–. Cuando supe que habías salido del hospital, empecé a tener esperanza. Cada vez que sonaba el teléfono, cada correo... si alguien llamaba a la puerta, mi corazón decía, es él, es Cameron, ha venido. Y... y tú nunca...

Empezó a llorar, Cam le acarició los labios con los suyos.

–Salomé –dijo con dulzura–, mi dulce Salomé, no podía ir a buscarte. Eras mi bailarina dorada. Mi Salomé. Mi amor eterno –soltó una risa rota–. Sólo había un problema, cariño, no sabía cómo te llamabas.

Leanna se echó hacia atrás y lo miró.

–¿Qué?

–Tu nombre real. No lo sabía. Por eso no fui a buscarte. No podía encontrarte. Volé a Dubai. Contraté un detective. Hice de todo... Incluyendo volver locos a mis hermanos –su sonrisa se desvaneció–. Y cuando ya había perdido la esperanza, mi padre me llevó a ver un espectáculo a...

–Al Music Hall. ¡Sabía que estabas allí! Lo sentí, Cam.

La besó largamente.

–Siento haberte asustado esta noche.

–Me emocioné cuando me di cuenta de que eras tú...

–Salomé, quiero decir, Leanna...

–No –lo besó–, Salomé –susurró–. Me gusta mucho más.

–No voy a volver a perderte.

–No te dejaría.

–Tengo que tenerte donde pueda verte –sus ojos se oscurecieron. Se inclinó sobre ella y la besó en el cuello–. En la cama, conmigo.

–Mmmm.

–¿Alguna objeción?

–Mmm –dijo Leanna, y movió suavemente las caderas.

–Por supuesto –dijo él con voz profunda–. Puedo plantearlo de otra manera.

–¿Sí?

–Salomé, mi amada bailarina, ¿quieres casarte conmigo?

Leanna le respondió con un beso.

* * *

Podrás conocer la historia de Matthew Knight en el Bianca del próximo mes titulado:
CAUTIVA EN SU CAMA

Bianca®

No había un sitio mejor para enamorarse que la isla de Santorini, donde la pasión inundaba a todos aquéllos que llegaban a sus costas...

La heredera Martha Antonides se quedó de piedra al llegar a la mansión que su familia tenía desde hacía generaciones en la isla de Santorini y descubrir que el millonario Theo Savas se había instalado en ella. Obligados a estar bajo el mismo techo, Martha y Theo se dejaron llevar por la pasión y comenzaron una ardiente aventura. Theo jamás se casaría, por lo que Martha sabía que lo mejor sería irse de allí, pero su corazón y su cuerpo no parecían dispuestos a obedecer a su cabeza. Ya fuera como esposa o como amante... era suya y sólo suya.

Amor mediterráneo

Anne McAllister

Acepte 2 de nuestras mejores novelas de amor GRATIS

¡Y reciba un regalo sorpresa!

Oferta especial de tiempo limitado

Rellene el cupón y envíelo a

Harlequin Reader Service®

3010 Walden Ave.

P.O. Box 1867

Buffalo, N.Y. 14240-1867

¡Sí! Por favor, envíenme 2 novelas de amor de Harlequin (1 Bianca® y 1 Deseo®) gratis, más el regalo sorpresa. Luego remítanme 4 novelas nuevas todos los meses, las cuales recibiré mucho antes de que aparezcan en librerías, y factúrenme al bajo precio de $3,24 cada una, más $0,25 por envío e impuesto de ventas, si corresponde*. Este es el precio total, y es un ahorro de casi el 20% sobre el precio de portada. ¡Una oferta excelente! Entiendo que el hecho de aceptar estos libros y el regalo no me obliga en forma alguna a la compra de libros adicionales. Y también que puedo devolver cualquier envío y cancelar en cualquier momento. Aún si decido no comprar ningún otro libro de Harlequin, los 2 libros gratis y el regalo sorpresa son míos para siempre.

416 LBN DU7N

Nombre y apellido	(Por favor, letra de molde)	
Dirección	Apartamento No.	
Ciudad	Estado	Zona postal

Esta oferta se limita a un pedido por hogar y no está disponible para los subscriptores actuales de Deseo® y Bianca®.

*Los términos y precios quedan sujetos a cambios sin aviso previo.
Impuestos de ventas aplican en N.Y.

SPN-03

©2003 Harlequin Enterprises Limited

Tiempo inolvidable
Lucy Gordon

Holly se dejó cautivar por los ojos suplicantes de aquella niña sin madre... y por su padre. Y cuando quiso darse cuenta estaba viviendo en la lujosa villa que la familia poseía en Roma.

Pero cuando los largos días de verano tocaban a su fin, Holly descubrió que entre las paredes de aquella casa y en el corazón del hombre del que se estaba enamorando había oscuros secretos... unos secretos que podrían liberarlos a todos.

Se suponía que no eran más que unas vacaciones... pero un verano en Italia era sólo el comienzo

Deseo®

Seducción a la carta

Kristi Gold

Cuando su falso compromiso acabó
por fin, Corri Harris quedó libre para
vivir un apasionado romance y el sexy
ejecutivo Aidan O'Brien parecía la
cura perfecta para su orgullo herido.
Pero había un pequeño problema...
Aidan era su jefe.

A medida que la ilícita relación se hacía más y más ardiente, Corri empezó
a tener miedo de convertirse en la
protegida de Aidan y una vez que hu-
biese conseguido que ella llegara a lo
más alto en su profesión, ¿la abando-
naría por otra ingenua discípula?

**Cuando el ambiente se caldeaba demasiado en
la cocina... se iban al dormitorio**

¡YA EN TU PUNTO DE VENTA!